GW00818487

Bitte beachten Sie, dass dies eine rechte Seite im gedruckten Buch ist.
Hier wird nur der Haupttitel dargestellt, oder die Seite wird leer gelassen.
Seitenzahlen:
Seitenzahlen sollten entweder zentriert oder jeweils außen sitzen (ungerade Seiten stehen in Büchern immer rechts, gerade immer links). Die Nummerierung der Seiten beginnt mit dem eigentlichen Text, daher steht auf dieser und den folgenden Seiten keine Seitenzahl.

Vom Leben und Lieben am Rhein

Die Eingangsseiten eines Buches folgen in der Regel einem klaren Schema: Der eigentliche Text beginnt erst nach der Titelei, die aus dem Schmutztitel (Seite 1), der Schmutztitelrückseite (Seite 2), dem Haupttitel (Seite 3) und dem Impressum besteht. Das Impressum befindet sich also üblicherweise auf Seite 4, in der linken unteren Ecke.

Diese Seite bleibt leer, oder Sie nutzen sie für eine Widmung, ein Motto, o.ä.

Monika Niessen
Vom Lieben und Leben am Rhein

Kurzgeschichten über die vielen Formen der Liebe und das Leben

Viel Vergnügen
beim lesen
wünscht dir
Monika Niessen

31. Mai 2016

Auf dieser Seite steht üblicherweise das Impressum. Es enthält den Vermerk der Deutschen Nationalbibliothek (kann so übernommen werden), Angaben zum Copyright, zu Herstellung und Verlag, die ISBN, sowie das FSC®-Logo, welches durch BoD seit dem 01.09.2011 oben mittig in alle neu angelegten Bücher eingedruckt wird. (Bitte diesen Platz freilassen).

Bibliografische Information der Deutschen Nationalbibliothek:
Die Deutsche Nationalbibliothek verzeichnet diese Publikation in der Deutschen Nationalbibliografie; detaillierte bibliografische Daten sind im Internet über http://dnb.dnb.de abrufbar.

*© 2013 Name des Autors/Rechteinhabers **(i.d.R. Sie/Pseudonym)***

*Illustration: **Vorname Name oder Institution***
*Übersetzung: **Vorname Name oder Institution***
*weitere Mitwirkende: **Vorname Name oder Institution***

Herstellung und Verlag: BoD – Books on Demand, Norderstedt

ISBN: 978-3-7412-2226-9

Inhaltsverzeichnis

Meine liebe Tochter,

Deine Mitteilung von heute bewegt mich so sehr, wie Deine Geburt.

Als Du vor dreißig Jahren zur Welt kamst, da nahm ich Dich in meine Arme.

Es war ein unbeschreibliches Gefühl von Wärme und Liebe für dieses kleine Menschenkind, das mir noch so Fremd und doch auch wieder vertraut vorkam.

In diesem Augenblick erkannte ich, dass mein Leben und dass Deines Papas, nie mehr so sein würde, wie es vorher war.

Sich mal eben nach Feierabend mit Freunden zum Essen verabreden würde für lange Zeit nicht mehr möglich sein.

Dafür erlebten Dein Papa und ich aber so viel Neues mit unserer kleinen Prinzessin, wie er Dich vom ersten Tag an nannte.

Natürlich warst Du für uns das schönste Kind, das je geboren wurde!

Nie hatte ein Kind eine schönere und zartere Haut als unsere Tochter! Kein Kind der Welt konnte schönere blaue Augen haben!

Selbst wenn Du uns des Nachts nicht schlafen ließest und wir am nächsten Tag sehr müde waren, verziehen wir Dir dies.

Dein erster Zahn und Dein erstes Wort entzückten uns.

Du wähltest Dein erstes Wort sehr diplomatisch aus.

Dein „Mapa Pama" hielt Dein Papa gleich mit der Kamera und dem Kassettenrecorder fest.

Wir waren sehr besorgte Eltern, aber Du entwickeltes Dich trotzdem nicht zu einem schüchternen Kind.

Ich kleidete Dich gern als Prinzesschen in rosa und weiß.

Wir gingen mit Dir spazieren und waren bis zur ersten Pfütze sehr stolz auf unser adrettes Mädchen.

Dann sprangst Du mit beiden Beinen hinein. Ich sah bald ein, dass Hosen für Dich besser waren.

Mit Tieren gingst Du sehr liebevoll und vorsichtig um.

Du brachtest uns selbst Spinnen nach Hause, die Du unterwegs fandest. Je älter Du wurdest, desto mehr wuchs unser Privatzoo.

Erst besaßen wir eine Katze, dann kam ein Hund dazu. Vögel und Meerschweinchen bevölkerten unser Zuhause.

Erinnerst Du Dich noch an den kleinen Spatz, den wir zusammen aufgepäppelt haben?

Nach dem wir ihn frei ließen besuchte er uns noch oft am Küchenfenster.

Eine erste Zäsur erlebten wir, als Du ein Kindergartenkind wurdest.

Es war schlimm für mich, Dich dort abzugeben und allein wieder nach Hause zu gehen.

Wie eine Verräterin fühlte ich mich!

Schweren Herzens öffnete ich mittags die KITA - Tür, ich machte mir die schlimmsten Vorwürfe, weil ich mein Prinzesschen unter lauter fremden Kindern allein ließ.

Doch dann musste ich erleben, dass die Prinzessin ein kleiner Rabauke war und noch gar nicht mit nach Hause wollte.

Bis Du ein Schulkind wurdest, war ich an den Gedanken gewöhnt, Dich zeitweise abzugeben.

An Deine Schulzeit erinnere ich mich mit sehr gemischten Gefühlen.

Du hättest eine sehr gute Schülerin sein können, aber Dein Papa und ich waren zum Ende Deiner Schulzeit froh, dass Du wenigstens einen mittelmäßigen Abschluss hattest.

Mit dem Ende Deiner Schulzeit war auch Deine erste Liebe vorbei.

Dein Papa und ich litten sehr mit Dir. Wie gern hätten wir Dir Deinen ersten Liebeskummer erspart. Heute denke ich, dass alle Menschen mindestens einmal in ihrem Leben Liebeskummer erleben.

Zu Deinem und unserem Glück lerntest Du während Deiner Ausbildung Deinen Mann kennen, unseren Schwiegersohn und bald junger Vater, wie Du mir heute mitteiltest.

Ihr werdet all das, was wir mit Dir erlebt haben, auch erleben.

Es wird viele schöne, aber auch leidvolle Tage geben.

Eines Tages wird Euer Kind, wie Du, vielleicht ein paar Hundert Kilometer entfernt leben.

Aber so bald Du eine Nachricht von ihm erhältst, wirst Du Dich freuen.

Diese Art Liebe ist es, die Dich und uns ein Leben lang begleiten wird.

Meine liebe Tochter, ich wünsche Dir eine angenehme Schwangerschaft und freue mich sehr auf mein erstes Enkelkind.

In Liebe
Deine Mama

Jugendliebe

Helga wurde im Januar 1944 in Frankfurt an der Oder geboren.

Beide Großväter und auch ihr Vater waren Eisenbahner.

Ihre Mutter arbeitete bis zu Helgas Geburt als Auslandskorrespondentin für französisch bei einer großen Firma.

Kurz nach ihrer Geburt kam der Vater ihrer Mutter bei einem Bombenangriff ums Leben.

Ihre Großmutter musste das Eisenbahnerhäuschen verlassen und zog zu ihnen.

Im Oktober bekam ihre Mutter die Nachricht, dass ihr Mann in einem Lazarett in Bad Nauheim behandelt würde.

Sie bekam die Erlaubnis mit ihrer Mutter und der kleinen Tochter nach Bad Nauheim zu fahren. Es war eine beschwerliche Reise. Doch nach drei Tagen kamen sie in Bad Nauheim an.

Helgas Vater ging es sehr schlecht, darum richteten die Frauen sich auf einen längeren Aufenthalt ein. Ihre Großmutter war eine sehr gute Schneiderin, die bald ihre ersten Kunden hatte.

Nach Weihnachten starb Helgas Vater.

Sie beschlossen den Winter noch in jedem Fall in Bad Nauheim zu verbringen, wo sie sich mittlerweile eingerichtet hatten.

So verging die Zeit bis zum Herbst 1949, da bekam Helgas Mutter die Möglichkeit für die französische Botschaft in Remagen zu arbeiten. Sie hatte noch nie von diesem Städtchen am Rhein gehört, wollte aber so bald wie möglich umziehen, weil Helga im kommenden Frühjahr eingeschult würde.

Es gelang ihr eine kleine Wohnung in einer der Villen an der Kölner Strasse in Remagen zu bekommen. Von da aus war es nicht mehr weit bis zum Schloss Ernich, der Residenz des Botschafters. In dieser Wohnung sollten sie zehn Jahre wohnen.

Helga wurde im Frühjahr 1950 in der evangelischen Klasse der Mädchenschule in Remagen eingeschult.

So begann Helgas Remagener Leben.

Nach dem Besuch der Grundschule wechselte sie mit einigen Kindern aus ihrer Klasse auf ein Gymnasium in Bad Godesberg. Mit ihrer Freundin Gisela, die weiter in Remagen zur Schule ging und anschließend die Handelsschule besuchen sollte, ihr Vater meinte das reiche für ein Mädchen, blieb sie weiter in Kontakt.

Gisela wohnte in der Bahnhofstrasse, das gefiel Helga sehr gut, da war man mitten im Remagener Leben. Da Helga und auch Gisela gute Schülerinnen waren, hatten die Eltern nichts dagegen, dass die Beiden viel zusammen unternahmen. Gisela war, wie Helga ein Einzelkind und ihre Eltern arbeiteten den ganzen Tag. Helga hatte durch den Sportunterricht in ihrer Schule schwimmen gelernt. Sie radelte im Sommer mit Gisela ins Bad Bodendorfer Schwimmbad und brachte ihr dort das Schwimmen bei. Gisela wurde im Frühjahr 1959 aus der evangelischen Volksschule entlassen. Ihre Eltern zogen mit ihr nach Leverkusen, in die Nähe der Arbeitsstätte ihres Vaters.

Helga war sehr traurig, der Kontakt zu anderen Mädchen in ihrer Klasse beschränkte sich nur auf den Unterricht. An ihrem letzten gemeinsamen Wochenende in Remagen besuchten sie einen Film in der Schauburg. Es war eine Komödie, aber Helga und Gisela war nicht zum Lachen zu mute. Als sie raus gingen wurden sie von einem jungen Mann angesprochen.

Er lud sie zu einem Eis ins Eiscafe, er wollte zu gern wissen warum sie bei diesem lustigen Film nicht lachen konnten. Sie nahmen die Einladung an und erzählten Wolfgang, so hieß der siebzehn Jährige, von der bevorstehenden Trennung.

Wolfgang gelang es die beiden Mädchen aufzumuntern. Plötzlich ertönte aus der Musicbox

Peter Kraus mit „Sugar Baby" und das genau in dem Moment als Wolfgang und Helga sich ansahen. Sie wurden Beide ganz rot im Gesicht und wussten nicht warum.

Gisela schaute auf ihre Uhr und meinte sie müsse nach Hause, da bot Wolfgang an, beide Mädchen nach Hause zu begleiten. Er wusste bereits, dass Gisela in der nahen Bahnhofstrasse wohnte und Helga auf der Kölner Strasse. In der Bahnhofstrasse verabschiedeten sie sich von Gisela und liefen durch die Stadt zum Bahnübergang am Drususplatz und von dort den Kreuzweg hoch. Die Villa, in der Helga wohnte, hatte einen Zugang den man an der Apollinariskirche vorbei erreichen konnte. Wolfgang schlug Helga diesen Weg vor, da hätten sie einen gemeinsamen Heimweg. Er wohnte mit seinen Eltern und fünf Geschwistern in der Nähe der Kirche. Auf dem Nachhauseweg waren sie allein, ihre Hände berührten sich wie zufällig, da hielt Wolfgang Helgas Hand fest, die sie ihm auch nicht entzog. Sie wollten sich noch so viel sagen, aber sie waren den Rest des Weges stumm. Schließlich verabschiedeten sie sich mit dem Versprechen, sich nächsten Sonntag wiederzusehen.

So begann für die Beiden der wunderschöne Sommer 1959, der Sommer ihrer ersten Liebe, die Beide ihr Leben lang nicht mehr vergessen würden.

Sie trafen sich bis Ende September jeden Sonntag, liefen das Calmuthtal hoch bis zu einer einsamen Wiese, die Zeuge ihres ersten Kusses und ihrer ersten Berührungen wurde.

Sie radelten nach Sinzig und Bad Bodendorf ins Schwimmbad oder zur Ahrmündung nach Kripp, oder lagen mit vibrierenden Körpern nebeneinander auf einer Wiese, voll Scheu aber auch voll Sehnsucht nach Vollendung. Es hatte sie niemand auf diesen Gefühlsansturm vorbereitet und sie wussten nur, dass sie sehr behutsam damit umgehen mussten.

So verging dieser magische Sommer für die Beiden.

Helgas Mutter hatte im Frühjahr eine gutbezahlte Arbeit in Düsseldorf angenommen und war nur noch selten in Remagen. Die Großmutter fand Freunde in der Innenstadt, die sie oft Sonntagnachmittags besuchte.

Wolfgang durfte Helga schon seit einiger Zeit in der Wohnung abholen, aber da war die Großmutter stets anwesend. Am Ende des Sommers, die Großmutter war bereits weg als Wolfgang erschien, gab es kein Halten mehr!

Die Zeit des Vorbereitens war vorbei, jetzt war die Zeit der Vollendung!

Als sie hinterher auf Helgas Bett lagen, erlebten sie eine angenehme Entspanntheit.

Sie begannen Zukunftspläne zu schmieden. Wolfgang würde in einigen Wochen nach Köln ziehen, um dort bei einer Autofabrik zu arbeiten. Helga sollte bis zum Abitur mit ihrer Großmutter in Remagen wohnen bleiben, damit sie die Schule nicht wechseln musste.

Helga beschloss nach dem Abitur in Köln zu studieren, dann könnten sie sich wieder sehen. Bis dahin wollten sie sich regelmäßig schreiben und so oft es möglich war, sehen.

Doch es kam alles ganz anders!

Einige Wochen später starb Helgas Großmutter. Ihre Mutter löste die Wohnung auf und Helga zog in das Internat der Schule. Sie war sehr traurig, ihr Trost waren Giselas und Wolfgangs Briefe. Während Gisela eine eifrige Briefschreiberin war, konnte sie nur einmal im Monat mit Post von Wolfgang rechnen. Sie konnten sich auch nur sehr selten und nie allein, sehen.

So verging über ein Jahr. Als Helga 17 Jahre alt war, überraschte sie ihre Mutter mit einem USA Aufenthalt. Ihre Mutter hatte erreicht, dass Helga mit einigen anderen Mädchen, ein Jahr in den USA zur Schule gehen konnte. In den Osterferien nahm sie Abschied in Bad Godesberg und reiste nach New York.

Sie schrieb Wolfgang noch einige Male, bekam aber keine Antwort.

Ihre Mutter folgte ihr ein Jahr später, sie hatte einen US-Amerikaner geheiratet.

Helga heiratete bald einen jungen Berufsoffizier. Es waren turbulente Jahre, weil ihr Mann ständig versetzt wurde. Sie bekamen eine Tochter, die als zwanzig Jährige nach Bonn zum studieren zog. Mit sechzig Jahren nahm ihr Mann seinen Abschied von der Army, da war er schon nicht mehr gesund. Er konnte seinen Ruhestand nicht mal mehr ein Jahr genießen. Helga stellte nach seinem Tod fest, dass sie sich in den USA nirgendwo heimisch fühlte, ihre Mutter und ihr amerikanischer Ehemann lebten in Berlin, ihre Tochter mittlerweile ebenfalls, was also sollte sie noch in den USA?

So zog sie zunächst zu ihrer Mutter und ihrem Stiefvater nach Berlin. Sie wollte sich erst einmal von dort aus in Deutschland umsehen, das sie nach dem Fall der Mauer nicht mehr gesehen hatte. Gisela, mit der sie immer noch Kontakt hatte wohnte in Köln, sie hatte Helga eingeladen, doch mal einige Wochen bei ihr zu verbringen. Helga nahm die Einladung an und an einem schönen Sommertag beschlossen die Beiden einen Ausflug nach Remagen zu machen.

Als sie dort alle Wege gingen, die sie kannten und schließlich an der Rheinpromenade ein Eis aßen, sprachen sie auch über Wolfgang.

Gisela erzählte ihr, dass sie ihn vor Jahren zufällig im Zoo gesehen hatte. Er war dort mit seinen Enkelkindern, von einer Frau sprach er nicht, erzählte Gisela aber, dass er ein Haus in Köln-Weiden habe.

Auf dem Nachhauseweg schlug Gisela vor, doch mal nachzusehen, ob er im Telefonbuch stehe und man ihn mal anrufen könnte. Gesagt, getan, sie erreichte die Tochter, die ihnen Vaters neue Telefonnummer mitteilte. Er freute sich sehr über ihren Anruf, man verabredete sich für den nächsten Tag in einem Lokal am Neumarkt, das für alle gut zu erreichen war.

Helga hatte tatsächlich Herzklopfen, sie kramte ein Foto von Wolfgang aus ihrer Tasche, dass er ihr vor über fünfzig Jahren gegeben hatte. Gisela sah sich das Foto an und meinte: „Soviel Haare hat er nicht mehr und er ist auch dicker geworden, aber die Stimme wirst Du sofort wieder erkennen."

Die Tür öffnete sich und ein dünner, leicht gebeugter, alter Herr kam, sich mühsam an seinem Stock bewegend, auf sie zu.

Helga saß starr vor Schreck! Das konnte doch nie im Leben Wolfgang sein, Gisela hatte ihn ganz anders beschrieben.

Doch, es war Wolfgang! Er war sehr krank, lebte in einem Seniorenheim, da seine Frau sich scheiden ließ und er allein nicht mehr zu recht kam. Nach dem Schock bekam Helga Mitleid mit ihm.

Das war das Letzte, was Wolfgang wollte!

Er bewies den Beiden, dass er seinen Humor durchaus noch hatte, er erinnerte sie an ihre erste Begegnung, da hätten sie auch so traurig geguckt.

Wolfgang schaffte es, wie beim ersten Mal, die Beiden zum Lachen zu bringen. Sein Humor war unverwüstlich. Sie hatten einen schönen Nachmittag.

Als sie sich verabschiedeten, hielt Wolfgang Helgas Hand und fragte: „ Werden wir uns wiedersehen?"

Da gab es für Helga nur eine Antwort, sie sagte laut und deutlich: „JA!"

Zwei Leben

Die Lektorin Christiane Bauer nahm das neue Manuskript des Erfolgsautoren Elmar Vogt zur Hand und begann zu lesen.

„Zwei Leben", so lautete der Titel seines neusten Regionalkrimis. Weiter kam sie noch nicht, da ihr Chef sie zu sich bat. Er wollte wissen, ob sie Elmar Vogts neues Manuskript bereits gelesen habe, denn er würde sich am nächsten Tag mit dem Autoren treffen. Sie habe das Manuskript gerade in die Hand genommen als er sie rufen ließ, antwortete Christiane.

„Gut", sagte ihr Chef: „Dann nehmen sie jetzt das Manuskript, fahren nach Hause, lesen es und lassen sich durch nichts stören. Morgen möchte ich von ihnen hören, wie ihnen der Text gefällt. Es ist diesmal kein Krimi und ich möchte wissen, ob diese Geschichte in unser Programm passt."

Etwas verwirrt packte Christiane das Manuskript in ihre Tasche und fuhr nach Hause.

Sie wohnte in einem Mehrfamilienhaus im Kölner Westen. Die Umgebung war recht ländlich, wenn sie auf ihrem Balkon saß, konnte sie Felder sehen und weiter südlich sah sie ein Dorf in dem entfernte Verwandtschaft von ihr wohnte. Christiane selbst war bei einer Tante in Remagen aufgewachsen, sie kannte ihre bäuerliche Familie nur von Besuchen, gelebt hatte sie nie dort. Während sie sich einen Kaffee zubereitete, überlegte sie, dass sie von Elmar Vogt nur den Namen kannte, der ein Pseudonym sein sollte. Er selbst trat nie in Erscheinung. Weder war er in Talkshows präsent noch ging er auf Lesereise. Eine Kollegin hatte ihr mal erzählt, es sei ein Studienfreund des Chefs, der im Hauptberuf als Schulleiter in Köln arbeite und aus diesem Grund das Pseudonym pflege. Die Osterferien hatten gerade begonnen, da hatte ein Schulleiter eher mal die Zeit sich zu einem Mittagessen zu verabreden.

Es war ein schöner Frühlingstag, darum machte Christiane es sich mit dem Kaffee und dem Manuskript auf ihrem Balkon gemütlich.

Sie begann zu lesen und nach einigen Seiten legte sie das Manuskript aufgeregt zur Seite!

Das konnte doch nicht sein, da ging es ja um ihre Familiengeschichte!

War das denn möglich, dass ein Autor so viel Fantasie hatte oder kannte er ihre Familie?

Wer war denn bloß dieser Elmar Vogt?

Sie las weiter, es war unverkennbar die Lebensgeschichte ihrer Tante Resi und die begann so:

Resi, die jüngste Tochter des Bauern Lessenich wurde 1948 aus der Schule ihres Dorfes in der Kölner Bucht entlassen. Ihre Schwester Käthe war sechs Jahre älter als sie und bereits verlobt mit einem Hoferben aus der Nähe von Bonn im Vorgebirge. Da die Familie hauptsächlich Gemüse anbaute, hieß er bei Lessenichs nur der „Kappesbuur".

Zwischen den beiden Schwestern gab es noch den Bruder „Mattes", der den Hof der Lessenichs erben sollte. Er musste im letzten Kriegsjahr noch zu den Flakhelfern und war mit einer Beinverletzung zum Kriegsende nach Hause gekommen. Mutter Lessenich,

die aus dem Sauerland stammte, hatte eine Schwester, die als Nonne im Marienhospital in Bonn lebte und dort als Krankenpflegerin arbeitete. Dort brachten die Eltern Lessenich ihren Sohn Mattes hin und besuchten ihn so oft es nur möglich war. Dabei nahmen sie die kleine Resi mit. Mattes blieb fast zwei Jahre im Marienhospital, dann war er so weit genesen, dass er zu Hause wieder in der Landwirtschaft helfen konnte.

So kam es, dass Resi unbedingt Krankenschwester werden wollte. Ihre Eltern hatten nichts dagegen, sie hatten ja erlebt wie wichtig in diesen schweren Zeiten eine Krankenschwester in der Familie war. Da Resi mit ihren vierzehn Jahren noch zu jung für die Krankenpflegeschule war, sollte sie erst einmal Lehrköchin und dann Stationshilfe werden. Nach zwei Jahren als Lehrköchin wurde Resi Stationsgehilfin auf der Säuglingsstation.

Mit achtzehn Jahren konnte sie endlich Lernschwester werden. Die wenige Freizeit, die ihr blieb, verbrachte sie meistens mit Handarbeiten. Ausgang gab es nur in der Gruppe oder wenn die Eltern sie besuchten.

Ihr Examen als Krankenschwester bestand sie mit „sehr gut". Nun war sie Volljährig und bezog ein Einzelzimmer. Sie durfte jetzt in ihrer Freizeit auch allein in die Stadt, musste sich aber stets abmelden und bis zweiundzwanzig Uhr wieder im Haus sein. Diese strenge Reglementierung machte Resi nichts aus, sie kannte es nicht anders. Die wenigen Urlaubstage, die ihr zustanden, verbrachte sie auf dem elterlichen Hof, wo sie wenn möglich zur Erntezeit, kräftig mit anfasste.

Als sie wieder einmal nachmittags, während der Freistunden in der Grünanlage saß und handarbeitete, spazierte ein Patient vorbei, den sie schon einige Male gesehen hatte. An diesem Tag sah sie wie er plötzlich strauchelte, sie lief zu ihm, half ihm auf und begleitete ihn zu seiner Station.

Es war die Privatstation, die ihre Tante leitete.

Ihr schnelles Eingreifen hatte einen Sturz verhindert, der für den Patienten nach überstandener

Blinddarm Operation, vermutlich zu weiteren Komplikationen geführt hätte. Er versprach nicht mehr allein in der Anlage zu spazieren. Er bat Resi ihn zu besuchen, was diese auch gern tat.

Da sie ihre Tante oft in ihrer Freizeit auf der Privatstation besuchte, dauerte es eine Weile, bis über ihre Besuche bei dem Herrn, der auch noch um einiges älter war als Resi, geredet wurde.

Die Tante konnte dies als Ordensschwester nicht dulden, sie machte Christian Bauer, so hieß der Patient klar, dass ihre Nichte ihre Besuche einstellen müsste, sonst hätte sie einen schlechten Ruf.

Christian Bauer führte ein Gespräch mit dem Chefarzt und ließ sich entlassen.

Am nächsten Tag bat der Chefarzt Resi und ihre Tante zu sich. Er erklärte ihnen, dass der Herr Bauer Witwer sei, katholisch und die Resi gern heiraten würde. Er habe ihn um Vermittlung gebeten.

Am kommenden Sonntag lud die Tante Resis Eltern und Herrn Bauer zum Kaffee ein.

Es gab einen bescheidenen Raum, außerhalb des Refektoriums, der für Zwecke des Verwandtenbesuchs genutzt werden durfte.

Bei diesem Besuch erfuhr Resi, das Christian Bauer als Oberregierungsrat bei der noch jungen Bundesregierung arbeitete und achtzehn Jahre älter war, als sie selbst. Er war gebürtiger Schlesier. Seine Frau und sein kleiner Sohn waren bei einem Bombenangriff auf Breslau getötet worden.

Auch wenn Resi erwachsen war, sie legte trotzdem Wert darauf dass ihre Eltern mit Christian, als Schwiegersohn, einverstanden waren. Als ihr Vater, nach kurzer Beratung mit ihrer Mutter, das bevorstehende Pfingstfest als Verlobungstermin vorschlug, willigten alle Beteiligte ein. Nun durfte Christian Resi in ihrer Freizeit ganz offiziell sehen.

Die Verlobung wurde natürlich auf Lessenichs Hof gefeiert und das ganze Dorf feierte mit.

Weil der Schwiegersohn ja nun schon älter und Resi auch ein „spätes" Mädchen mit ihren vierundzwanzig Jahren war, sollte auch die Hochzeit noch vor dem Winter stattfinden. Aber erst musste die Ernte mal eingebracht sein.

Resi kündigte schweren Herzens ihre Stelle als Krankenschwester, aber als verheiratete Frau hätte sie nicht weiterarbeiten dürfen.

Christian wohnte als „Junggeselle" in einer Pension in Bonn. Er hatte einen Freund aus Vorkriegszeiten, der in Remagen wohnte. Dort gefiel es ihm so gut, dass er gleich neben dem Freund einen Bauplatz erwarb. Im nächsten Frühjahr sollte mit dem Bau eines Hauses dort begonnen werden. Bis zur Fertigstellung des Hauses würden sie bei Käthe und Wilhelm wohnen. Dort war mehr Platz als in ihrem Elternhaus, da ihr Bruder, mittlerweile verheiratet, schon Vater von vier Kindern war. Außerdem war Christian, der bereits ein Auto besaß, sehr schnell im Ministerium, denn der Hof der beiden lag sehr viel näher an Bonn.

Resi freute sich auf die Zeit bei Schwester und Schwager mit ihren drei Mädchen. Einen Hoferben hatte es bisher nicht gegeben. Wilhelm glaubte auch nicht mehr, dass es noch einen geben würde, seine Käthe wurde jetzt immerhin schon dreißig Jahre alt.

Mit seinen Mädchen war er aber zufrieden, sie packten schon kräftig mit an und die Älteste sollte mal den zweiten Sohn eines befreundeten Großbauern heiraten, der würde dann ihren Hof einmal übernehmen. Aber das hatte ja noch zeit, das Mädchen war doch erst acht Jahre alt.

Auf einem Hof gibt es immer viel zu tun, Resi wurde die Zeit nicht lang.

Ein Jahr wohnten sie und Christian auf dem Hof von Schwester und Schwager, dann war das Haus in Remagen so weit fertig, dass sie einziehen konnten.

Das ganze Haus wurde mit modernen, hellen Möbeln eingerichtet, was bei Resis Familie leichtes Kopfschütteln hervorrief. Sie hatten alle eine Vorliebe für schwere Eichenmöbel und wuchtige Polstersessel. Ihr Vater, der alte Lessenich, hatte bei seinem Besichtigungsbesuch in Remagen Angst, sich auf die Spielzeugmöbel, wie er sie nannte, zu setzten.

24

Aber Resi und Christian fühlten sich wohl in ihrem neuen Heim. Parterre gab es eine große Küche mit weißen Anbaumöbeln und einer Vorratskammer. Ein Wohn-, Ess-, Schlaf-, Herrenzimmer und Bad, gab es ebenfalls im Parterre. Unter dem Dach wurden ein Jahr später noch ein Bad und zwei Zimmer ausgebaut. Doch der Nachwuchs auf den die Beiden hofften, stellte sich nicht ein. Im Herrenzimmer gab es eine Bücherwand, dort hatte Christian seine Bücher, die er in den letzten Jahren gesammelt hatte, untergebracht. Er liebte die Klassiker, er kannte die Werke Goethes und Schillers und zog sich gern mal in sein Herrenzimmer zurück, um an seinem Schreibtisch in deren Werken zu lesen.

Resi hatte nie viel Zeit zu lesen, auf dem Hof konnte man das höchstens mal im Winter.

Jetzt genoss sie es, manchmal mit schlechtem Gewissen, weil sie meinte, es gäbe noch anderes zu tun.

Christian riet ihr, den Führerschein zu erwerben, da könne sie ihn des Morgens zum Amt fahren und anschließend ihre Familie besuchen, was mit öffentlichen Verkehrsmitteln sehr zeitaufwendig war. Resi, die auch Trecker fahren konnte, hatte keine Mühe mit dem Erwerb des Führerscheins. Jetzt besuchte sie einmal pro Woche ihre Eltern und einmal ihre Schwester Käthe. Sie fuhr gern zu ihrer Familie, aber sie freute sich auch, wenn sie des Abends ihren Mann in Bonn abholte und sie gemeinsam in ihr ruhiges Heim zurückkehrten.

Nach Karneval 1964 wurde Käthe krank, es war ihr oft übel und sie konnte viele Speisen nicht mehr vertragen. Resi fuhr mit ihr zum Arzt, auch wenn Käthe meinte, dies seien Wechseljahresbeschwerden. Nach gründlicher Untersuchung teilte der Arzt ihr mit, dass sie schwanger sei und vermutlich um den ersten Advent mit ihrer Niederkunft rechnen könne.

Wilhelm wollte die Nachricht kaum glauben, er war nicht begeistert, sie hatten doch schon drei kräftige, gesunde Mädchen und das würde doch wieder kein Junge.

Die Schwangerschaft war sehr beschwerlich und das Kind, ein weiteres Mädchen kam
vier Wochen zu früh zur Welt.

Es war ein sehr zartes Kind und Käthe ging es nach der Geburt nicht gut, sie erholte sich nur langsam. Als Wilhelms Mutter die Kleine sah, unkte sie: "Novembe Katze wääden nix."

Das kleine Mädchen sollte so bald wie möglich getauft werden. Christian und Resi wurden Taufpaten darum wurde das Kind Christiane Therese getauft. Weil Käthe sich erholen sollte, nahmen Resi und Christian die kleine Christiane mit nach Remagen. Resi wollte die Kleine dort aufpäppeln und Weihnachten wollte man sich wieder treffen. Aber Weihnachten war das kleine Mädchen erkältet und so blieben die Beiden mit ihr zu Hause. Resi und Käthe beschlossen bei einem Telefongespräch, dass die Kleine in jedem Fall mal bis Ostern in Remagen bleiben sollte. Resi und Christian hatten sich sehr an die kleine Christiane gewöhnt, sie war ihr Sonnenschein.

Beim Osterputz brach Käthe sich ein Bein nun lag sie wieder im Krankenhaus.

Damit stand fest, dass Christiane auf unbestimmte Zeit in Remagen bliebe.

Christiane

Pfingsten besuchten Wilhelm und Käthe mit ihren Töchtern, Christiane und ihre Pflegeeltern.

Käthe lief immer noch an Krücken und konnte die Oma noch nicht im Haushalt entlasten. Zum Glück war ihre älteste, die Hildegard zu Ostern aus der Schule entlassen worden. Bei Hannelore und Heidi dauerte es noch einige Jahre. Um ein so zartes kleines Mädchen hätte sie sich nicht auch noch kümmern können. Die Kleine wollte auch nicht zu ihr auf den Arm, so bald sie jemand anfasste, außer Resi und Christian, weinte sie.

Als Christiane ein Jahr alt wurde, schlug Christian Wilhelm und Käthe vor, die Kleine zu adoptieren. Es hatte solche Fälle bereits öfter in der Familie Lessenich gegeben, wenn die Mütter bei der Geburt verstarben oder sich lange nicht erholten, dann wurden die Kinder von Tanten, die nicht immer im selben Dorf wohnten aufgezogen. Trotzdem wollten Käthe und Wilhelm noch nicht zustimmen.

Im darauffolgenden Winter erkrankte Wilhelms Mutter und wurde zum Pflegefall. Sein Vater war bereits vor einigen Jahren verstorben. Das hieß auf einem Hof wie dem seinen, eine Arbeitskraft weniger. Knechte und Mägde waren nicht mehr zu bekommen, sie wollten lieber in den Fabriken arbeiten und das Wochenende frei haben.

Ostern besuchten Resi, Christian und Christiane Käthe, Wilhelm und ihre Töchter.

Die Kleine war den Beiden völlig fremd, darum stimmten sie nun einer Adoption zu.

Christiane lernte jetzt zu Christian Papa zu sagen und zu Resi wollte sie nicht Mama sagen, sie sagte: „ETI", Resi blieb „Mama Eti".

Christiane und Sonja, ihre Freundin aus der Nachbarschaft, wurden Kindergartenkinder.

Sonja hatte zwei ältere Brüder und war, wie Christiane ein Nachkömmling. Ihr ältester Bruder hieß Franz-Josef war zwölf Jahre älter als sie und bereits Gymnasiast, der jüngere Bruder Hans-Peter wechselte in diesem Frühjahr aufs Gymnasium.

Der Vater war Journalist und arbeitete für eine bekannte Tageszeitung in Bonn.

Die Mutter hatte vor ihrer Ehe als Dolmetscherin gearbeitet. Es war eine sehr musikalische Familie, die regelmäßig Hauskonzerte veranstaltete, zu der sie auch die Familie Bauer einluden, denn Resi spielte sehr gut Klavier, das hatte sie bei den Nonnen gelernt. Auch Christiane bekam so eine musikalische Früherziehung. Sie war ein ruhiges Kind und so bald sie lesen konnte und das war bereits vor ihrer Einschulung, war kein Buch mehr vor ihr sicher. Franz-Josef brachte seiner Schwester und Christiane das Lesen bei. Wobei sich Christiane als die gelehrigere der Beiden erwies. Franz-Josef war Christianes erste Liebe.

Wenn der lebhaftere Hans-Peter sie an den Haaren zog, dann half er ihr. Sie war für ihn eine zweite kleine Schwester. Sie war ihm fast lieber als Sonja, seine eigene Schwester, die genau so wild sein konnte wie Hans-Peter.

Franz-Josefs bester Freund besuchte die gleiche Klasse wie er und wohnte gleich neben Bauers. Er war der jüngste von vier Brüdern und hieß Rolf. Rolfs größte Leidenschaft war das Fußballspielen, die kleinen Mädchen interessierten ihn nicht.

Es wohnten viele Kinder in ihrer Nachbarschaft und auf dem Weg vor ihrem Haus, der erst viel später zur Straße ausgebaut wurde, war immer eine Menge los.

Christiane wuchs zu einem großen, dünnen Mädchen heran. Die Jungs riefen ihr manchmal „Stock" oder „Streichholz" hinterher, das ärgerte sie, aber Sonja sagte dann jedes Mal: „Die Jungs sind alle doof, außer Franz-Josef." Dem hatte Christiane nichts hinzuzufügen.

So verging Christianes Kindheit.

An den Feiertagen fuhren sie zur Verwandtschaft, entweder zu ihren richtigen Eltern und Geschwistern oder, was ihr noch viel lieber war, auf den Hof von Lessenichs, ihren Großeltern. Der Hof gehörte ursprünglich einem Kloster, war aber schon seit zwei Jahrhunderten im Besitz der Lessenichs. Es gab aber immer noch eine kleine Kapelle und einen Teich. Eine drei Meter hohe Mauer schützte das Anwesen, weil es außerhalb des Dorfes lag. Es war ein stattlicher Bauernhof, so wie die Lessenichs!

Ihren Onkel Mattes und seine Frau Ida liebte Christiane, ebenfalls deren Kinder, die alle viel älter waren als sie. Ihr absoluter Liebling war aber Opa Lessenich.

Opa Lessenich kümmerte sich nicht mehr um die Wirtschaft, er half nur noch bei der Ernte.

Als er siebzig Jahre alt wurde, da verkündete er, er wolle jetzt nur noch tun was ihm Spaß machte.

Spaß machte ihm die Geschichte seiner weitverzweigten Familie. Da gab es Verwandte in Australien, Kanada und den USA. Sie waren lange nicht mehr alle Landwirte. Er schrieb jetzt an einer Familienchronik und lud einmal im Jahr zum Lessenich Treffen im Dorfsaal.   Die Treffen wurden immer größer. Erst kamen die Verwandten aus der näheren Umgebung, als Opa achtzig Jahre alt wurde, waren es 200 Personen.

Das war im Jahr 1980, denn Opa war so alt wie das Jahrhundert. Dieses Fest vergaß Christiane nie, sie war damals knapp sechzehn Jahre alt und hatte sich in einen entfernten Verwandten aus Australien verliebt. Der sprach kein Wort deutsch und war zehn Jahre älter als sie. Er war einige Monate in Deutschland und hatte sie auch in Remagen besucht. Wo Lessenichs wohnten, da wollte er hin. Mark, so hieß der junge Mann, gab Christiane seine Adresse, er lebte als Lehrer in Perth.

Christiane fiel das Lernen leicht, aber nun wollte sie perfekt englisch lernen. Sie wurde für ein Jahr Austauschschülerin in den USA.

Ihre Gastfamilie lebte in einem Vorort von Boston und hatte eine gleichaltrige Tochter und einen zwanzig Jahre alten Sohn, der vor ein paar Jahren bei ihrem Onkel Mattes und seiner Familie lebte. Es war eine sehr sportliche Familie, jeden Tag waren sie zu irgendwelchen Sportveranstaltungen unterwegs, dass war nicht das, was Christiane sich vorstellte. Die Familie legte ihr ein Programm vor und sie sollte sich entscheiden, wo sie mitmachen wollte. Sie entschied sich für einen Tanzkurs, den wollte sie sowieso mal absolvieren, warum nicht hier.

Die Familie war ein wenig verblüfft, denn Tanzen betrachteten sie nicht als Sport, waren aber einverstanden. Eine Nachbarin, deren beide Töchter diesen Kurs ebenfalls besuchten, holte sie ab und brachte sie wieder nach Hause. Das Tanzen machte ihr Spaß, am Meisten die lateinamerikanischen Tänze, wie Tango, Mambo oder Samba. Obwohl sie sonst eher introvertiert war, konnte sie sich beim Tanzen regelrecht austoben. Sie staunte über sich selbst. Wieder bei der Familie angekommen, war sie ruhig und zurückhaltend.

In der Tanzschule lernte sie Jungs in ihrem Alter kennen, sie waren ihr alle zu kindlich.

Am liebsten tanzte sie mit Diego, einem Jungen aus Puerto Rico. Zum Abschlussball wurde auch ihre Gastfamilie eingeladen, die eine ganz andere Christiane kennenlernten.

Ted, der Sohn hatte sich in sie verliebt. Da aber Christianes Abschied bevorstand, beschloss er in Deutschland weiter zu studieren.

Als Bauers ihre Christiane am Flughafen in Frankfurt abholten, sahen sie eine junge Frau, dass war nicht mehr das Kind von vor einem Jahr. Sie war jetzt fast achtzehn Jahre, konnte Auto fahren, hatte Freude am Tanzen und sprach sehr gut englisch, allerdings ein amerikanisches englisch. Sie hatte Mark regelmäßig geschrieben, aber seit Monaten keine Antwort mehr erhalten, auch ihre Eltern hörten nichts von ihm.

Ein Jahr ging sie noch zur Schule, dann begann sie ein Studium an der Uni in Bonn.

Sie hatte sich im Herbst nach ihrer Rückkehr aus den USA bei einer Tanzschule in Bonn angemeldet. Am ersten Abend dort traf sie einen jungen Mann, der sie zum Tanzen aufforderte und mit dem sie hervorragend tanzen konnte. Lars, so hieß dieser nette junge Mann war sehr höflich und Christiane vergaß bei einem Blick in seine blauen Augen, dass es in Australien einen Mark gab. Als sie nach Hause kam, reichte Resi ihr einen Brief von Mark. Es lag ein Foto von ihm und seiner jungen Frau bei, er hatte geheiratet. Christiane traf es nicht mehr, es gab ja Lars.

Lars wurde Christianes Freund fürs Leben, aber nicht ihr Liebhaber, dass wusste sie, als er ihr eines Abends seinen Lebensgefährten vorstellte. Es traf sie nicht sehr, sie hatte es geahnt! Aber nun hatte sie zwei gute Freunde!

Ihre Schulfreundin Sonja lebte bereits seit einigen Jahren mit ihrer Familie im Taunus, sie schrieben sich zwar immer noch Briefe, sahen sich aber nur selten.

Eine neue "Beste" Freundin war noch nicht in Sicht.

Im Mai wäre Opa Lessenich 85 Jahre alt geworden. Er war leider während ihres USA Aufenthaltes verstorben. Es gab zwei Jahre kein Lessenich Treffen, was alle sehr bedauerten.

Darum war die Freude groß, als in diesem Jahr wieder eine Einladung kam.

Onkel Mattes erzählte bei ihrem Osterbesuch, da wäre ein Verwandter, der bei jedem Treffen dabei war und sich schon als Schüler um die Geschichte der Lessenichs kümmerte.

Sie erinnerte sich vage an Thomas Lessenich und seine Freundin. Er war viel älter als sie, aber seine jüngere Schwester Sabine war Christianes Freundin, wenn sie zu Besuch im Dorf war. Die Treffen fanden jetzt alle fünf Jahre statt. Beim letzten Mal fand Onkel Mattes es lustig, dass gerade der das machte, wo er doch nie geheiratet hatte und auch keine Kinder in die Welt gesetzt. Aber, der Thomas habe gemeint, das mache er für Mattes Nachkommen.

Das Treffen fand statt und Christiane hatte viel Freude daran. Sie lernte eine junge Frau kennen, die mit ihrem Vetter Matthias, dem jüngsten Sohn von Onkel Mattes, gekommen war.

Beim letzten Treffen hatte er noch eine andere Frau dabei. Mit Claudia, so hieß die junge Frau, verstand sie sich bestens. Sie arbeitete bei einem Verlag in Köln und als Christiane ihr Studium beendet hatte, begann sie ebenfalls bei diesem Verlag zu arbeiten. Claudia war sieben Jahre älter als Christiane und längst nicht mehr mit Matthias zusammen. Sie lebte im Bergischen Land, betrieb mit einigen andern Leuten einen alternativen Bauernhof und schrieb Artikel über das Landleben. Christianes Leben war, seit sie im Verlag arbeitete gleichförmig verlaufen. Sie liebte ihre Arbeit als Lektorin. In ihrer Freizeit reiste sie und besuchte ihre Familie. Ihre Mutter war nach dem Tod ihres Vaters in ein Seniorenheim in Bonn gezogen, das Remagener Haus war verkauft. Von der ehemaligen Nachbarschaft lebte niemand mehr dort.

Sie hatte noch losen Kontakt zu Sonja, alle paar Jahre trafen sie sich mal, wenn Sonja wieder mal in Deutschland weilte, sie zog immer wieder mal in ein anderes Land, arbeitete in allen möglichen Berufen. Ihre Brüder waren dagegen sehr bürgerlich. Beide waren im Schuldienst.

Bis hierher hatte Christiane gelesen, es stimmte alles! Aber wie war das möglich, wer kannte sie denn so gut? Oder war doch alles Fantasie?

Nun wollte sie den Schluss auch lesen, der läge ja in ihrem Fall noch in der Zukunft.

Gespannt las sie weiter: Christiane traf sich einmal pro Woche in der Tanzschule mit Lars sein Lebensgefährte kam später nach, er hatte mehr Interesse an dem geselligen Beisammensein, das nach dem Tanzen stattfand. An diesem Abend aber forderte sie ein, ihr zunächst, unbekannter Mann zum Tanzen auf. Es war Ted! Sie hatte viele Jahre nichts mehr von ihm gehört, er wollte nach ihrem USA Aufenthalt nach Deutschland kommen, hatte aber einen Unfall von dem er sich lange nicht erholte. Er schrieb ihrem Vetter Matthias und fragte nach ihr, als dieser ihm antwortete Christiane sei in festen Händen, resignierte er und heiratete ein Schulfreundin von der er im letzten Jahr geschieden wurde.

Matthias teilte ihm vor einiger Zeit mit, dass auch Christiane wieder frei sei, da hatte ihn nichts mehr in den USA gehalten. Christiane verliebte sich an diesem Abend in Ted und nach einer heißen Liebesnacht beschlossen die Beiden zu heiraten.

Das also war Elmar Vogts Roman Ende!

Dieser Schluss konnte gar nicht auf sie zu treffen!

In Wirklichkeit war es so, dass Ted nicht gleich nachreisen konnte, weil seine Eltern auf dem Uni Abschluss bestanden und dieser war zwei Jahre später. Sie hatten sich noch ein paar Mal geschrieben, dann teilte er ihr mit, dass er in den USA bleiben würde. Christiane war nicht verliebt in ihn, überhaupt spielten Männer in ihrem Leben keine große Rolle, jedenfalls nicht als Liebhaber. Wenn sie in den Manuskripten gelegentlich von der großen Liebe und wahrer Leidenschaft las, sagte sie sich, dass sie für derartige Empfindungen wohl nicht der richtige Typ sei, es war ihr noch kein Mann begegnet, der so heftige Gefühle in ihr ausgelöst hätte.

Sie war jetzt siebenundvierzig Jahre alt fühlte sich wohl in ihrem Beruf und auch in ihrem Privatleben.

Seit dem letzten Lessenich Treffen, vor über zwei Jahren, verabredete sie sich am Wochenende häufig mit Sabine, der Schwester von Thomas. Sabine war ein Jahr älter als sie und seit drei Jahren geschieden. Ihre Kinder waren längst erwachsen und lebten ihr eigenes Leben. Mit Sabine hatte sie schon früher gern gespielt, wenn sie bei Oma und Opa zu Besuch war.

Sie wohnte immer noch in ihrem Elternhaus, das sie aber sehr schön restauriert hatte. Christiane war gern bei ihr zu Besuch. Ihr Bruder Thomas baute sich vor einigen Jahren am anderen Ende des Dorfes ein Haus, in das seine langjährige Lebensgefährtin Lydia aber nicht mit einziehen wollte. Das Leben auf dem Dorf behagte ihr nicht. Sabine arbeitete zu Hause in ihrer Physiotherapiepraxis, die würde sie jetzt mal anrufen, sie musste einfach mal mit ihr über die verrückte Geschichte reden. Jetzt hatte sie Mittagspause, da wäre sie sicher zu erreichen. So war es auch. Sabine lud sie für den frühen Abend zum Essen ein und schlug ihr vor, über Nacht zu bleiben, sie könne doch am anderen Morgen gleich von ihr aus nach Köln fahren. „Thomas kommt auch", fügte Sabine noch hinzu. Beim letzten Lessenich Treffen unterhielt sie sich das erste Mal länger mit Thomas. Er lebte zu diesem Zeitpunkt bereits allein in seinem neuen Haus. Er war aus dem Schuldienst ausgeschieden und reiste sehr viel und schrieb Bücher über diese Reisen. Dass er auch ein erfolgreicher Jugendbuchautor war, wusste Christiane, schließlich verlegte ihr Verlag diese Bücher.

Die Bücher erschienen aber nicht unter seinem richtigen Namen, weil er bereits als Student mit dem Schreiben begonnen hatte und sein Vater nicht viel Verständnis dafür gehabt hätte. Er war froh, dass sein Vater bereits mit der Landwirtschaft aufgehört hatte, ihre Felder lagen im Braunkohlegebiet. Das Dorf blieb zwar erhalten und mittlerweile hatten sie einen schönen See, wo in den fünfziger Jahren noch Kohle gefördert wurde, aber hauptsächlich ihre Felder waren vom Kohleabbau betroffen.

Von der Entschädigung baute sein Vater eine Tankstelle mit Reparaturwerkstatt auf, die er bis zu seinem Tod auch betrieb. Thomas ließ die Tankstelle abreißen und ein Mehrfamilienhaus dort bauen. In einer der Parterre Wohnungen lebte Thomas und Sabines Mutter. Sie freute sich sehr, dass sie endlich eine bequeme, komfortable Wohnung für sich allein hatte. Als sie nach ihrer Heirat in das Lessenichhaus einzog, da gab es kein Bad und auf dem Hof waren das Plumpsklo und ein Misthaufen, auf dem die Hühner scharrten, gleich nebenan. Der Lessenichhof war damals schon viel größer und besser ausgestattet.

Während ihrer halbstündigen Fahrt zu Sabine fiel Christiane wieder ein, dass ihr Großvater gelegentlich von den „armen Lessenichs" sprach wenn er seinen entfernten Vetter meinte.

Sie hatte Thomas gefragt, wie sie denn noch verwandt seien, er sagte ihr, sie hätten gemeinsame Ur-Urgroßeltern. Die Verwandtschaft war schon sehr weitläufig, spielte aber auf den Dörfern noch lange Zeit eine große Rolle. Es waren immer noch „Vettern" und denen half man zuerst. Darum vermutlich der Begriff „Vetternwirtschaft".

Christiane stieg vor Sabines Haus aus dem Auto, da öffnete sich die Tür und Thomas stand vor ihr. Er begrüßte sie sehr herzlich, nahm ihr die Tasche ab und ließ sie in der Küche eine Weile mit Sabine allein. Es war für Christiane wie „Nachhausekommen", wenn sie in diesem Haus war. Das Gefühl war im letzten Jahr sehr gewachsen. Hier war sie mehr zuhause als auf dem Lessenichhof oder in ihrer eigenen Wohnung. Das lag sicher auch an Sabine.

Im Gegensatz zu Christiane waren Thomas und Sabine gute Köche. Christiane wusste die Küche der Beiden zu schätzen. Beim Essen erzählte Christiane von dem Roman. Sabine fragte sie, ob sie denn wirklich keine Ahnung habe wer hinter dem Pseudonym Elmar Vogt stecke.

Als sie verneinte, sagte Thomas einfach nur: „ Das bin ich und die Geschichte wird nie veröffentlicht werden, es sei denn, Du willst das. Dein Chef hat mit mir studiert, wir haben als Studenten bereits gemeinsam Abenteuer Geschichten geschrieben und weil unsere Eltern nichts davon erfahren sollten, haben wir uns das Pseudonym T.H. Rabe ausgedacht."

Christiane hörte zwar was er sagte, begriff aber nicht warum er diese Geschichte geschrieben hatte, oder schrieb er von allen Lessenichs die Lebensgeschichte auf?

Dann fiel ihr ein, was er über Ted geschrieben hatte, wie kam er bloß auf die absurde Idee aus ihr und Ted würde noch ein Paar?

Thomas antwortete ihr auf diese Frage, er habe Ted im letzten Jahr in den USA besucht und der sei tatsächlich geschieden und habe sehr von ihr geschwärmt und gesagt, er wolle Christiane in diesem Jahr wieder sehen. „Ach", sagte Christiane, „glaubt der tatsächlich, er meldet sich bald dreißig Jahre nicht mehr bei mir und ich falle ihm gleich in die Arme, wenn er hier erscheint? Und überhaupt, der konnte schon als junger Mann nicht tanzen und da schreibst Du von einem Treffen in der Tanzschule? Erforschst Du denn die Lebensgeschichte von allen Lessenichs so akribisch?"

Sabine hatte bei ihren letzten Worten den Raum verlassen. Thomas griff über dem Tisch nach ihrer Hand und antwortete, während er sie ganz ernst ansah: „Nein, nur bei Dir, denn seit dem letzten Lessenich Treffen wird mir immer klarer wie wichtig Du mir bist und ich habe einfach das Gefühl, Du gehörst zu mir."

Christiane fehlten die Worte, das war doch eine eindeutige Liebeserklärung, oder verstand sie wieder nichts? Andererseits hielt er immer noch ihre Hand und sah sie jetzt ganz zärtlich an.

Ihr war ein bisschen schwindlig, ob das an dem Wein lag, den sie zum Essen getrunken hatten?

Thomas sagte leise: „ Ich will Dich nicht bedrängen, es ist Deine Entscheidung und die musst Du nicht heute Abend treffen. Zwischen uns beiden ist ein Alterunterschied von fast zehn Jahren, den kann man nicht weg diskutieren. Aber Du sollst auch wissen, ich suche keine junge Frau sondern nur Dich!"

Bei diesen letzten Worten traten Tränen in Christianes Augen, ohne das sie dies wollte. Thomas stand auf um ihr ein Taschentuch zu holen. Als er sich zu ihr umdrehte, stand sie hinter ihm und fiel ihm schluchzend um den Hals. Sabine kam zurück, sah Thomas vorwurfsvoll an und fragte: „Was hast Du mit ihr gemacht?"

Christiane antwortete unter Schluchzen: „ Wenn ich ihn richtig verstanden habe, hat er mir einen Heiratsantrag gemacht und ich heule vor lauter Freude!"

Im darauffolgenden Mai wurde aus Christiane Frau Lessenich, geborene Bauer.

Schwesternliebe

Heidi schaute auf das Medaillon, dass sie in ihrer Hand hielt. Sie hatte es vor vielen Jahren von ihrer Schwester Sigrid zum Geburtstag bekommen. Damals konnte sie nicht viel damit anfangen, es zeigte die Yin und Yang Symbole. Sigrid hatte gesagt: „ Die schwarze Seite bist Du, weil Du Ruhe ausstrahlst. Die weiße Seite bin ich, immer in Unruhe und aktiv."

„Ach ja", seufzte Heidi in Gedanken, ihre große Schwester Sigrid, zehn Jahre älter als sie selbst und von ihr bewundert und geliebt.

Ihre Eltern taten sich schwer mit ihrer ältesten Tochter, die so ganz aus dem familiären Rahmen fiel. Sigrid war ein sehr aktives Kind, das bereits vor der Einschulung lesen konnte. Trotzdem war ihre Schulzeit eine einzige Katastrophe. Als sie mit vierzehn Jahren ihre Pflichtschulzeit, damals waren das noch acht Jahre, hinter sich gebracht hatte, waren ihre Eltern froh, sie als Lehrling bei einem befreundeten Frisör unterzubringen. Die Berufsschule schaffte sie mit Mühe, aber als Friseurin war sie begabt. Damals wünschten Frauen Hochsteckfrisuren, die sie von allen am Besten und Schnellsten beherrschte. Als sie ihre Prüfung geschafft hatte, mit gerade mal siebzehn Jahren, stand für sie fest, dass sie im nahen Bonn arbeiten wollte.

Dort gab es, unter anderen, Diplomatengattinnen die sicher viele festliche Frisuren brauchten, die wollte sie frisieren. Sie schaffte es tatsächlich im damals besten Salon der Stadt eine Anstellung zu finden.

Sigrid lernte eine ganz andere Welt kennen.

Eines Tages fragte sie eine Amerikanerin, ob sie nicht englisch lernen wolle, sie veranstalte montagmorgens, am freien Tag der Friseure, ein Frauenfrühstück zum englisch lernen oder wieder auffrischen. Es war selbstverständlich, dass Sigrid die Frauen auch alle frisierte, aber sie lernte dabei die Sprache sehr schnell und es gefiel ihr gut.

Eine der Frauen hatte es ihr besonders angetan, es war eine zierliche Kanadierin mit wunderschönen schwarzen Haaren. Sie arbeitete als Journalistin in Bonn, und was Sigrid zunächst nicht wusste, sie fühlte sich sehr zu Frauen hingezogen. Das Wort „Lesbe" nahm eine Dame nicht in den Mund. Sigrid hatte das Wort noch nie gehört und wusste auch nicht, dass es gleichgeschlechtliche Liebe gab. Yvonne, so hieß die Journalistin, verliebte sich in Sigrid. Es war ihr bewusst, dass Sigrid keinerlei sexuelle Erfahrungen hatte. Sie lud sie zu sich nach Hause ein, um sie besser kennenzulernen. Dort ging sie sehr behutsam vor, sie wollte Sigrid ja nicht verstören.

So ging das eine ganze Weile, bis Yvonne nach Paris versetzt werden sollte. Sie wollte unbedingt, dass Sigrid, die noch minderjährig war, mit ihr ginge.

Sigrid war begeistert, ihre Eltern leider nicht! Sie machten ihr Vorwürfe, sie sei erst neunzehn Jahre, da sei eine so große Stadt viel zu gefährlich für ein so junges Mädchen, sie solle warten, bis sie einundzwanzig Jahre wäre und damit volljährig. Sigrid dachte nicht daran.

Das Wochenende hatte Sigrid schon öfter bei Yvonne verbracht, aber zu Hause nie gesagt wie

Yvonne wirklich hieß oder wo sie wohnte, spätestens Dienstagabends war sie dann wieder zu Hause. An diesem Dienstag aber nicht.

Mittwochs fuhr ihr Vater nach Bonn zu dem Frisörsalon in dem Sigrid beschäftigt war. Dort erfuhr er, sie habe sich krankgemeldet. Von einer Journalistin Yvonne wusste man im Salon nichts.

Als er nach Hause kam, lag dort ein Brief von Sigrid, der montags in Bonn abgestempelt wurde, darin teilte sie ihren Eltern mit, wenn sie diesen Brief erhielten, befinde sie sich unter falschem Namen im Ausland, sie brauchten sie nicht zu suchen.

Nach dem Lesen dieses Briefes erklärte ihr Vater seine Tochter für gestorben. Er wollte nicht mehr, dass ihr Name im Haus auch nur noch erwähnt würde.

Die Mutter packte schweren Herzens Sigrids Sachen zusammen und brachte sie auf dem Speicher unter.

Zu ihrem elften Geburtstag erhielt Heidi Post von einer Susan Wilson aus New York, nach der Lektüre des Briefes wussten ihre Mutter und die Oma, Susan Wilson war Sigrid.

Dem Vater zeigten sie den Brief nicht, aber jetzt hatten sie endlich eine Adresse.

Heidi war glücklich, sie vermisste ihre Schwester sehr. Weil sie ihr so nachtrauerte bekam sie von ihrem Vater eines Tages einen kleinen Hund geschenkt, der hatte sie sehr getröstet.

Ein Foto, das Heidi mit ihrem Hund zeigte sandte sie zu ihrer Schwester nach New York und bat sie, ihre Briefe an die Oma zu senden.

So ging das einige Jahre. Heidi besuchte ein Gymnasium, sie war ein stilles Mädchen und eine gute Schülerin. Für ihre Eltern stand fest, dass ihre „Kleine" einmal studieren sollte, dafür sparten sie schon lange.

Von Sigrid, die sich ja nun Susan nannte, erhielt Heidi alle paar Monate einen Brief, den sie bei der Oma abholte. Sigrid reiste mit ihrer Yvonne, die mittlerweile eine bekannte Autorin war, durch die Welt. Sigrids Interesse galt der fernöstlichen Heilkunst. Sie wollte sich später mal in Kanada niederlassen und als Heilpraktikern arbeiten, so teilte sie Heidi mit.

Yvonne, die fast zwanzig Jahre älter war als Sigrid, wollte sesshaft werden. Sie zog zu ihrem Bruder und seiner Familie auf eine Farm in Kanada. Das behagte Sigrid ganz und gar nicht!

Sie stritt sich mit Yvonne und zog nach Toronto, dort lernte sie David kennen, einen jungen Grafikstudenten. David und Sigrid verliebten sich in einander. Sie lebten einige Monate zusammen. Sigrid wurde schwanger, wollte aber nicht auf Dauer mit einem Mann zusammen leben.

Sie suchte sich eine kleine Wohnung und arbeitete bis zu ihrer Niederkunft bei einer Heilpraktikerin, als deren Assistentin.

So erhielt Heidi gleichzeitig mit einer Gratulation zum bestandenen Abitur eine Geburtsanzeige von Sigrids Zwillingstöchtern, Lisa und Lilly. Diesen Brief zeigte sie auch ihrem Vater. Er war offensichtlich erleichtert, dass Sigrid nun doch vernünftig geworden sei, wie er meinte, auch wenn von dem Vater der Kinder in dem Brief keine Rede war.

Er war auch damit einverstanden, dass Heidi ihre Schwester in Kanada besuchte.

So kam es, das Heidi ihren neunzehnten Geburtstag in Kanada feierte.

Sie lernte nicht nur ihre kleinen Nichten kennen, sondern auch deren Vater und ebenfalls Yvonne, die sich wieder mit Sigrid versöhnt hatte und die Zwillinge als ihre Enkelkinder betrachtete.

Zu diesem Geburtstag schenkte ihr Sigrid das Yin und Yang Medaillon.

Es schien, als wäre Sigrid durch ihre Kinder ruhiger und sesshaft geworden.

Heidi reiste zehn Jahre jedes Jahr nach Kanada um ihre Schwester und ihre Nichten zu besuchen. Selbst ihre Eltern unternahmen diese Reise einmal. Kurze Zeit später kamen sie bei einem Unfall ums Leben, da auch die Oma bereits verstorben war, hielt Heidi nichts mehr in ihrem Heimatstädtchen.

Kurz vor dem Fall der Mauer bekam Heidi ein Angebot aus Berlin, dass sie gern annahm.

Sie hatte sich dort gut eingelebt, als die Mauer fiel und das Leben in Berlin turbulent wurde.

Auch Sigrid wollte die veränderte Stadt unbedingt erleben, so zog sie mit ihren Töchtern zunächst bei Heidi ein. Sie stellte Heidis ruhiges Leben total auf den Kopf. Als auch noch David in Berlin erschien, um seine Töchter zu besuchen und dann dort zu bleiben, wurde es ihr zuviel. Sie machte ihrer Schwester klar, dass sie sich eine eigene Wohnung suchen solle.

David erwarb inzwischen ein Haus mit einem Atelier und Büroräumen. Aber dort wollte Sigrid nicht einziehen.

Schließlich bot David Heidi an in sein Haus zu ziehen und Heidi nahm an.

Küche, Ess- und Wohnzimmer teilten sich die Beiden.

Bald war es selbstverständlich, dass sie gemeinsam kochten und auch die Abende zusammen verbrachten. Es wurde eine Liebe die sich ganz langsam entwickelte.

Als Sigrid und ihre Töchter davon erfuhren, war ihre einhellige Meinung: „Na endlich findet zusammen, was zusammen gehört!"

Nestwärme

In einem kleinen Weindorf an der Ahr, nahe der Kreisstadt Ahrweiler, wuchsen die Schwestern Hildegard und Annemarie zusammen mit dem Nachbarsjungen Karl-Heinz auf.

Karl-Heinz lebte als Kriegswaise bei seinen Großeltern. Hildegard und Karl-Heinz waren fast gleichaltrig, Annemarie fünf Jahre jünger. Sie war auch die jüngste in der Strasse, so dass sie den größeren Kindern immer hinter lief und diese auf sie aufpassen mussten.

Im Dorf gab es eine Volksschule mit zwei Klassen, gerade gegenüber von Hildegard und Annemaries Elternhaus. Annemarie lief den Kindern auch in die Schule hinter, da sie dann ganz brav bis zur großen Pause dort saß, durfte sie bleiben. Sie entwickelte einen ungeheuren Lerneifer und wurde bereits mit fünf Jahren eingeschult, weil sie schon lesen und ein wenig schreiben und rechnen konnte, wie ein Kind im zweiten Schuljahr. Die Mutter freute sich dass sie gut aufgehoben war, denn sie hatte eine kleine Landwirtschaft und Weinberge, außer ihrem Haushalt, zu bearbeiten.

Der Vater fuhr jeden Morgen sehr früh schon mit dem Zug nach Köln zur Arbeit. Die Kinder sahen ihren Vater nur des Sonntags. Wenn er des Morgens aus dem Haus ging, schliefen sie noch, wenn er abends wiederkam schliefen sie bereits.

Für Karl-Heinz war Annemarie die kleine Schwester, die er nicht hatte. Wenn sie an der Ahr entlang liefen und die Kleine war müde, dann setzte er sie auf die Schultern und trug sie so nach Hause.

Für Annemariestand fest, sie würde, wenn sie erst alt genug wäre, den Karl-Heinz heiraten. Solche Vorstellungen haben viele kleine Mädchen, aber bei Annemarie hielt dieser Traum sehr lange an.

Sie lebten in ihrem Dorf, das den Krieg gut überstanden hatte, wie in einem warmen Nest. Von der Not und dem Elend in den Städten wussten sie nichts.

Während Hildegard schon früh zu Hause mit anfassen musste, war die kleine Annemarie ein sehr zartes Kind, das sich im Haus nicht sehr geschickt anstellte. Aber sie lernte sehr gut und hatte hervorragende Noten. Der Lehrer riet ihren Eltern sie solle auf das Kreisstädtische Gymnasium wechseln. Da sie weder fürs Haus noch für die Landwirtschaft zu gebrauchen war, dachten auch ihre Eltern, es sei das Beste, wenn sie Lehrerin würde.

Ihre Schwester war da bereits eine zupackende Haus- und Landwirtschaftsgehilfin für ihre Mutter.

Karl-Heinz lernte in der nahen Kreisstadt Autoschlosser.

Als er die Ausbildung beendet hatte, heuerte er in Hamburg auf einem Handelsschiff an, das auf der Nordamerika Route fuhr. Seine alten Großeltern waren nicht glücklich darüber, aber für ihn gab es kein Halten, er wollte raus aus dem warmen Nest und die Welt sehen. Als Annemarie vierzehn Jahre alt wurde, bekam sie eine Karte aus New York von ihm, die sie Zeit ihres Lebens aufbewahrte. Der Großvater von

Karl-Heinz war mittlerweile verstorben und auch die Großmutter kränkelte.

Nach sechs Jahren war Karl-Heinz zum ersten Mal nach seinem Weggang wieder in der Heimat, er kam zur Beerdigung seiner Großmutter.

Er blieb einige Wochen um seine Angelegenheiten zu regeln.

Annemarie war glücklich ihn zu sehen und hoffte, er würde für immer bleiben, sie wurde doch jetzt schon neunzehn Jahre, da hätten sie doch heiraten können. Sie traute sich aber nicht diese Gedanken zu äußern, er hatte zwar bemerkt, dass sie eine junge Dame geworden war, aber mehr auch nicht.

Das Häuschen seiner Großeltern überließ Karl-Heinz Hildegard und ihrem Mann, sie erwarteten ihr erstes Kind und da wurde es im elterlichen Häuschen nebenan sehr eng.

Als das alles geregelt war, reiste er wieder ab und hinterließ eine sehr traurige Annemarie.

Die sehr traurige Annemarie stürzte sich in ihr Pädagogikstudium in Bonn. Sie wurde eine der jüngsten Lehrerinnen in Nordrhein-Westfalen, wo sie während ihres Studiums hingezogen war.

Sie schloss sich Kollegen an, die Pfingsten zur Waldeck in den Hunsrück fuhren, dort auf der Karlsruhe zelteten sie und hörte Liedermachern wie Franz-Josef Degenhardt zu.

Sie rauchte und trank zuviel, probierte so manches was ihr nicht gut tat!

Die Männer kamen und gingen in ihrem Leben und hinterließen wenig Spuren!

Aber es blieb immer eine Sehnsucht in ihr, wie ein Loch, das mit nichts zu füllen ist!

Sie hatte einen Unfall und musste einige Wochen im Krankenhaus verbringen.

Da kam sie seit Jahren endlich mal wieder zur Ruhe.

Zu ihrer Überraschung besuchte sie eines Tages ein Kollege, den sie nie beachtet hatte.

Er war ein ruhiger, sehr zurückhaltender Mensch, von dem sie nur wusste, dass er auf dem Land lebte.

Achim, so hieß dieser Kollege, hatte sich noch nie alleine mit ihr unterhalten.

Sie waren in einem Alter und er stammte aus einem Dorf, das ebenfalls zur Kreisstadt gehörte, sie waren sich aber nie vorher begegnet, weil er bereits als Schuljunge mit seinen Eltern nach Bonn zog.

Der Nachmittag verging ihr wie im Flug und als Achim versprach am nächsten Tag wieder zu kommen, freute sie sich.

So ging das drei Wochen lang. Er erschien jeden Tag!

Achim erzählte Annemarie, dass er sich auf der „Grafschaft", wie die Leute an der Ahr sagten, einen alten Bauernhof gekauft habe den renoviere.

Die Dorfbevölkerung konnte das nicht verstehen, dass er die „alte Hütte", nicht einfach abriss und neu baute, wie die meisten Dorfbewohner dies taten.

Ein kleiner Teil des Hofes sei schon bewohnbar und den wollte Achim ihr zeigen, wenn sie wieder gesund wäre. Darauf freute sie sich!

Doch Annemarie wusste auch, dass es noch etwas gab, was sie für sich regeln musste um innerlich frei zu werden. Sie dachte noch viel zu viel an Karl-Heinz, von dem sie nur sporadisch etwas hörte, wenn sie mal wieder zu Hause an der Ahr zu Besuch war.

Als sie das Krankenhaus wieder verlassen durfte holte Achim sie ab und fuhr mit ihr zu seinem Bauernhof. Er meinte, in der klaren Eifelluft könne sie sich besser erholen, so war es auch.

Sie blieb eine Woche, dann begannen die Sommerferien, sie sagte Achim, dass sie in die USA reisen wolle, erzählte ihm auch von Karl-Heinz, dem sie geschrieben habe und der sich auf ihr Wiedersehen freue.

Achim begleitete sie zum Flughafen und sagte ihr, er werde auf sie warten.

In New York erwartete Karl-Heinz sie bereits, er bewohnte ein Appartement in einem Hochhaus mit seiner Frau, von der Annemarie nichts wusste. Dort brachte er Annemarie auch unter. Er freute sich sehr, dass seine „kleine Schwester" wie er sie nannte, zu Besuch kam.

Seine Frau war Annemarie sympathisch. Sie nahmen sich viel Zeit, ihr New York und Umgebung zu zeigen.

Annemarie fühlte sich wohl bei den Beiden, aber nun wusste sie auch, wo sie hingehörte, sie brauchte ein warmes Nest und das konnte sie in New York nicht finden.

Ihre Schwärmerei für Karl-Heinz war vorbei. Er war nicht mehr Teil ihres Nestes.

Sie schrieb täglich eine Karte an Achim.

Annemarie musste viele Umwege gehen und schließlich bis New York reisen, um festzustellen, dass ihr Nest in Zukunft auf den Eifelhöhen über dem Ahrtal bei Achim war.

Die Clique

Marlies, Jürgen, Michael, Sabine und Susanne waren Klassenkameraden.

Susannes Eltern besaßen eine Bäckerei mit Cafè in einer kleinen Stadt am Mittelrhein.

Susannes drei ältere Brüder, die bereits ihre Schulzeit beendet hatten, arbeiteten in der elterlichen Bäckerei. Susanne besuchte die örtliche Realschule und anschließend absolvierte sie eine Banklehre bei dem örtlichen Bankhaus. Ihre Freizeit verbrachte sie immer mit ihren Freunden.

Auch als Jürgen und Michael ihren Wehrdienst antraten, blieben sie Freunde.

Marlies war die Erste, die sich verliebte und nun nicht mehr so oft zu ihren Treffen erschien.

Susanne hielt während dieser Zeit mit Allen brieflichen Kontakt. Ihr elterliches Kaffeehaus blieb weiterhin Treffpunkt für die Clique.

Nach ihrer Ausbildung wurde Susanne nach Bonn in eine größere Zweigstelle versetzt.

Dort lernte sie einen Kollegen kennen und lieben.

Stefan, so hieß dieser Kollege, erwiderte ihre Gefühle und so wurden die Beiden ein Paar.

Ihren Eltern und Brüdern gefiel Stefan ebenfalls, er fühlte sich in der Familie sehr wohl.

Er selbst war als Einzelkind bei den Großeltern aufgewachsen, wie so viele Kriegskinder.

Sie waren etwa ein Jahr zusammen, als Susanne schwanger wurde. Ihr war etwas mulmig zu Mute, sie war ja noch minderjährig, wie würden Stefan und ihre Eltern darauf reagieren?

Bei einem Treffen mit Freunden fragte Marlies, der so schnell nichts entging, was mit ihr los sei, sie wirke bedrückt. Da erzählte sie, dass sie schwanger sei und der Angst habe zu Hause und Stefan davon zu erzählen. Die Freunde sprachen ihr Mut zu.

Jürgen sagte sogar: „Wenn Stefan Dich nicht heiraten will, dann heirate ich Dich."

Aber Stefan war begeistert, er sagte er wünsche sich noch viel mehr Kinder.

Ihre Eltern meinten zwar, sie sei mit ihren 19 Jahren ja noch recht jung, aber da Stefan bereits 30 Jahre alt wurde und eine gute Position hatte, seien sie einverstanden.

Die Beiden heirateten und wohnten zunächst noch bei Susannes Familie.

Als ihr zweiter Sohn zur Welt kam zogen sie ins eigene Haus, das reichlich Platz bot für Kinder und viele Gäste.

Susanne wurde eine gute Köchin und beliebte Gastgeberin.

Sie galten in ihrem Freundeskreis, der immer größer wurde, als ideales Paar.

Nur konnte Susanne nach einer schweren Erkrankung keine Kinder mehr bekommen, das war ein Wermutstropfen in ihrem Glück.

Susanne war mit ihren beiden Söhnen und den vielen Freunden glücklich, aber Stefan sprach gelegentlich davon, wie gern er auch noch zwei Töchter gehabt hätte.

Die Jungs wuchsen heran, Lars, der Älteste, machte Abitur meldete sich zur Marine.

Nun war Dirk noch im Haus, als auch er ein Jahr vor ihrer Silberhochzeit ausgerechnet nach Australien wollte, da wurde es Stefan und Susanne doch etwas einsam im Haus, trotz ihrer vielen Freunde.

Sie begannen ihre Silberhochzeit zu planen, die mit Stefans fünfundfünfzigstem Geburtstag zusammen fiel. Es sollte ein ganz großes Fest werden.

Das wurde es auch und ein Abschiedsfest.

Zwei Tage nach diesem rauschenden Fest teilte Stefan seiner Frau mit, dass seine Freundin schwanger sei und er sie heiraten wolle.

Für Susanne brach eine Welt zusammen, sie hatte nicht einmal bemerkt, dass Stefan eine Geliebte hatte, auch ihr Freundeskreis wusste nichts davon. Er verstand es ein Jahr ein Doppelleben zu führen.

Stefan war ausgezogen und Susanne allein in dem großen Haus.

Es ging ihr sehr schlecht. Von ihrem großen Freundeskreis meldete sich niemand, aber ihre alten Freunde. Marlies, selbst geschieden und kinderlos, stand plötzlich vor der Tür und fragte sie, ob sie nicht ihre Mode in ihrem Haus verkaufen wolle.

Marlies hatte ein Modeatelier in Wiesbaden und da das Haus, in dem Susanne nun allein wohnte, eine verkehrsgünstige Lage hatte, könnte man dies doch mal versuchen.

Im Nachbarhaus eröffnete ein Bruder von Susanne ein Bistro, gegenüber war eine stark frequentierte Arztpraxis, das waren doch gute Voraussetzungen, fand Marlies.

Sie empfahl Susanne mal mit Jürgen zu reden, der habe auch ihren Laden in Wiesbaden eingerichtet. Susanne rief Jürgen an, sie war noch nicht ganz von Marlies Vorschlag überzeugt, aber irgendetwas musste sich ändern, sie war mit ihren vierundvierzig Jahren schließlich noch keine alte Frau.

Jürgen baute ihr Haus um. Es war nicht mehr ihr Familien- sondern ein Wohn- und Geschäftshaus.

Nun wohnte Marlies unter dem Dach. Sie richtete sich dort eine gemütliche kleine Wohnung ein, in der Jürgen ein gern gesehener Gast war.

Marlies lieferte die Ware und blieb in den ersten Wochen auch bei Susanne um hier zu helfen. Sie hatte in Wiesbaden eine Geschäftsführerin, die das Geschäft übernehmen wollte, denn Marlies wollte gern wieder in ihrem Heimatort leben und beruflich etwas kürzer treten.

In den letzten zwanzig Jahren kannte sie kein Privatleben, das wollte sie jetzt nachholen.

Zur Einweihung war die alte Clique wieder komplett. Sie hatten sich viel zu erzählen.

Michael war seit einigen Jahren geschieden und Jürgen hatte nie geheiratet. Nur Sabine war nach wie vor mit demselben Mann verheiratet. Sie sprachen auch über Stefan, da sagte Susanne, ihr sei mittlerweile bewusst geworden, dass Stefan eine Familie heiraten wollte nicht nur eine Frau, denn seine jetzige Frau erwarte bereits ihr 2. Kind.

Plötzlich standen Susanne und Jürgen allein in der Küche, da sagte Susanne, sie verstehe nicht, warum Jürgen nie geheiratet habe, er hätte doch nette Freundinnen gehabt.

Jürgen sah sie ernsthaft an, nahm ihre Hand und antwortete: „ Ich habe immer auf Dich gewartet."

Das Geheimnis des alten Schrankes

Sabine erbte von ihrer Oma einen alten Schrank. Es war ein recht großes, dunkles Ungetüm, das so gar nicht in ihre schöne Wohnung mit den modernen Möbeln passen wollte.

Weil sie ihre Oma aber sehr geliebt hatte, wollte sie sich auch nicht von dem Schrank trennen.

Von ihrer Oma wusste sie, dass ihr Patenonkel, ein Schreinermeister diesen Schrank zu ihrer Hochzeit gebaut hatte. Der Schrank habe ein Geheimnis, so sagte der Onkel. Wenn sie einmal in großer Not sei, solle sie sich den Schrank genau ansehen, dann würde sie etwas finden, das ihr weiterhelfen könne.

Die Oma hatte sich den Schrank genau angesehen konnte aber kein Geheimfach entdecken, in dem vielleicht etwas gesteckt haben könnte, dass ihr in schlechten Zeiten weiter half.

Sabine lächelte über diese Geschichte, ihre Mutter hatte ihr schon davon erzählt und ihr auch gesagt, dass sie und ihre Geschwister jeden Zentimeter des Schrankes untersucht hätten, da wäre kein Geheimnis. Sie glaube, die Oma wolle einfach, dass der Schrank in der Familie bleibe, weil ihr Patenonkel den hergestellt habe.

Einige Freunde halfen Sabine den Schrank in ihren Keller zu stellen, den dieser fast ausfüllte.

Sie dachte, da könne er noch gute Dienste als Vorratsschrank leisten, denn es passte eine Menge in ihn hinein. Im laufe der Zeit erwies sich das Ungetüm, wie Sabine den Schrank immer noch nannte, als guter Vorratsschrank, die Fächer waren übersichtlich angeordnet und es gab auch einige Schubladen für kleine Dinge. Als der Schrank eingeräumt war, staunte Sabine über den Platz, den sie jetzt in ihrer Wohnung und den modernen Schränken hatte.

So vergingen einige Jahre bis Sabine ihre große Liebe kennen lernte.

Benni, so nannte sie den jungen Mann, lebte in einem alten Haus, das er von seinen Großeltern geerbt hatte. Sabine fühlte sich sehr wohl in diesem alten Haus, aber die Einrichtung gefiel ihr nicht. Benni hatte alle ererbten Möbel in dem Haus untergebracht.

Es passte nichts zusammen.

Sabine hatte durch eine Freundin eine Shabby Gruppe im Internet kennen gelernt und ihre modernen Möbel gefielen ihr nun nicht mehr.

Als sie Benni vorschlug, sein Haus etwas umzugestalten, war er erst skeptisch, weil er Sabine aber liebte, gab er nach. Er half Sabine Möbel abzuschleifen und mit weißer Farbe zu bemalen, er tapezierte und wurde zum perfekten Heimwerker. Benni stellte fest, dass ihm das neue Hobby viel Freude bereitete und war jedes Mal entzückt, wenn wieder ein Raum fertig war. Auch die liebevollen Dekorationen seiner Freundin wusste er zu schätzen.

Alle Räume, bis auf das Esszimmer waren geschafft. Einen schönen großen Tisch und passende Stühle besaß Benni, aber es fehlte ein schöner Schrank.

Die beiden sahen sich im Internet und auf Floh-
märkten um, konnten aber nichts finden was ihnen
gefallen hätte.

Als die Beiden mal wieder in dem kahlen Esszimmer saßen, wo das Geschirr und die Gläser auf
schlichten Regalen gestapelt waren, da fiel Sabine
plötzlich der alte Schrank in ihrem Keller ein.

Benni und Sabine fuhren zu Sabines Wohnung
und sahen sich den Schrank im Keller an.

Benni war ganz gerührt, dass Sabine sich ihm zu
liebe von dem Schrank trennen wollte.

Sie transportierten den Schrank in Bennis Wohnung, weil der Schrank aber nach Keller roch und
auch ein wenig Politur vertragen konnte, nahmen sie
die Schubladen raus und schraubten die Türen ab.

Die Türen waren sehr schwer, Sabine konnte die
Türen nicht halten, eine entglitt ihr.

Sabine war fix und fertig von der ganzen Schufte-
rei in den letzten Wochen und heulte los.

Benni tröstete sie sehr liebevoll und sagte: „
Wenn dieser Schrank an seinem Platz steht, dann
haben wir ein wunderschönes gemeinsames Nest,
dass ich nur mit Dir zusammen bewohnen möchte."

Sabine schluckte und konnte gar nichts sagen, sie
fiel Benni einfach um den Hals.

So standen sie eine Weile und hielten sich nur in
den Armen, dann aber sagte Sabine:

„Dann lass uns jetzt den Schrank so schnell wie
möglich fertig machen, damit wir unser behagliches
Nest genießen können." Sie fasste nach der Tür, die
ihr entglitten war, Benni half ihr, da löste sich ein
Brett in der Türfüllung und es fielen einige Goldmün-

zen heraus. Die Beiden waren sehr überrascht. Dann begannen sie den Schrank weiter zu untersuchen. Sie nahmen den Schrank total auseinander und hatten schließlich einen kleinen Goldschatz zusammen, der ihnen den Start in ein neues, gemeinsames Leben erleichterte.

Begegnung auf Kirres

Markus stieg aus dem Auto und reckte sich. Er war froh, dass er endlich angekommen war.

Zehn Stunden Fahrt von München bis Remagen wollte er sich nicht noch einmal antun.

Am Schlimmsten waren die Staus um Stuttgart, aber nun hatte er es ja geschafft.

Nach über zwanzig Jahren war er wieder einmal hier.

Was hatte sich in dieser Zeit nicht alles ereignet!

Er erinnerte sich an seinen letzten Tag in Remagen, es war ein Sonntag. Am nächsten Morgen musste er früh los, um seine neue Stelle in Süddeutschland anzutreten.

Den letzten Tag gingen sein Freund Lukas und er am Rhein entlang über den Kreuzweg zur Apollinariskirche und dann hoch zum Fronhofcafè auf Kirres.

Sie hatten sich vorgenommen dort eine Pause ein zulegen und dann nach Bodendorf zum Bahnhof zu gehen, um mit dem Zug zurück zu fahren.

Unterwegs hielten sie immer wieder an und Markus sah sich um und ließ sich von Lukas fotografieren. Sie waren seit ihrer Kindheit befreundet und nun würden sich ihre Wege trennen. Lukas arbeitete weiter in Bonn und Markus hatte eine sehr gute Anstellung im Raum München gefunden.

Nach dem seine Eltern sich getrennt hatten, lebte Markus in Remagen bei seiner Mutter, aber auch diese wollte, wenn sie das Rentenalter in ein paar Jahren erreichte, nach Süddeutschland ziehen.

Lukas lebte damals bei seinen Eltern in der Remagener Südstadt.

Seinen siebenundzwanzigsten Geburtstag am Jahresende wollte er aber bereits in seiner eigenen Wohnung feiern. Während ihres Spaziergangs lud Lukas ihn zur Einweihung ein.

Markus wollte das kommende Weihnachtsfest wieder in Remagen verbringen. Das hatte er sich fest vorgenommen.

Als sie auf dem Frohnhof ankamen, war früher Nachmittag, doch das Café war bereits gut besucht. Sie fanden noch einen Tisch für vier Personen, an dem sie sich niederließen.

Nach Ihnen betraten zwei junge Frauen das Café sie schauten sich um, aber außer den beiden Plätzen an Markus und Lukas Tisch war alles besetzt.

Lukas kannte eine der jungen Damen und lud sie ein, sich bei ihnen nieder zu lassen.

Andrea und Daniela, so hießen die jungen Frauen, kamen von Heimersheim und wollten anschließend zum Remagener Bahnhof um zurück zu fahren. Vom Heimersheimer Bahnhof hatten sie es nicht mehr weit.

Andrea war eine zierliche, dunkelhaarige Person, Daniela, ebenfalls dunkelhaarig, war fast einen Kopf größer.

Diese zarte Andrea hatte sich ein großes Stück Frankfurter Kranz bestellt, das sie jetzt genüsslich verspeiste. Markus konnte den Blick nicht von ihr lassen.

Wenn sie die Kuchengabel nahm und ein Stück Kuchen damit aufspießte und es zum Mund führte, wurde es Markus jedes Mal warm. Andreas grazile Bewegungen faszinierten ihn.

Wenn der Kuchen ihren Mund berührte, dann schloss sie für einen Moment die Augen um sich ganz diesem Augenblick zu widmen.

Markus hatte noch nie jemanden gesehen, der so genießen konnte.

Während Lukas und Daniela sich unterhielten, schwiegen Andrea und Markus.

Als sie sich endlich nach zwei Stunden trennen wollten, begriff Markus, dass er sich soeben verliebt hatte.

Ausgerechnet jetzt! Konnte ihm das nicht früher passieren?

Lukas schlug vor, nicht nach Bodendorf zu gehen, sondern die beiden Damen zum Remagener Bahnhof zu begleiten. Andrea und Daniela waren einverstanden und Markus ebenfalls.

Auf dem Weg in die Stadt gingen Daniela und Lukas ins Gespräch vertieft voran.

Markus und Andrea schwiegen.

Es fiel Markus beim besten Willen nichts ein, was er hätte sagen können, obwohl er sonst durchaus nicht mundfaul war.

Kurz vor dem Bahnhof fragte er sie nach ihrer Adresse, sie antwortete, ach, er solle erst einmal verreisen, denn dass hatte sie gehört, als Lukas davon sprach, wenn er Weihnachten wiederkäme, dann könnten sie sich verabreden. Der Lukas kenne die

Daniela sehr gut und der wisse wo sie Beide wohnten.

Markus war enttäuscht, sagte aber: „Gut, dann eben nicht, ist vielleicht bei der Entfernung, die uns ab morgen trennt auch besser so".

Andrea antwortete: „Ach, Du kannst ja noch ein paar Worte mehr reden. Vielleicht schaffst Du Weihnachten ein ganzes Gespräch". Sie lachte und verschwand mit Daniela im Bahnhof.

Aus dem Besuch zu Weihnachten wurde nichts. Er musste arbeiten und seine Mutter besuchte ihn.

Ab und zu, wenn er mit Lukas telefonierte, dann fragte er noch einmal nach Andrea, aber der wusste nur, dass sie sich mit Daniela zerstritten hatte und jetzt in Berlin wohne.

Ein Jahr später lernte Markus Tanja kennen. Sie lebten fast zwölf Jahre zusammen.

Heiraten wollte sie nicht. Ihm war es recht. Doch dann teilte sie ihm eines Tages mit, dass sie schwanger und den Vater des Kindes, einen Kollegen heiraten wolle.

Er fiel aus allen Wolken, er hatte überhaupt nicht bemerkt, wie es um ihre Beziehung stand.

Seine Mutter wohnte mittlerweile am Bodensee, Hals über Kopf fuhr er zu einem Besuch dort hin. Leider kam er zu spät, seine Mutter lag nach einem Schlaganfall im Krankenhaus und erlangte das Bewusstsein nicht wieder.

Zu seinem Vater hatte er schon lange keinen Kontakt mehr.

Es gab Arbeitskollegen, mit denen er gelegentlich etwas unternahm, aber es waren keine Freunde, wie Lukas und ausgerechnet der lebte jetzt in Australien.

Bevor Lukas mit seiner Frau, Danielas Schwester Sandra, auswanderte, besuchte er ihn in München. Er grüßte ihn von Daniela, aber von Andrea sprach er kein Wort.

Nach Tanja gab es noch einige kurze Affären, die aber ein schales Gefühl bei Markus hinterließen, er war nicht der richtige Typ für diese Geschichten.

Weihnachten rief Lukas aus Australien an. Seit sie per Internet telefonieren konnten, taten sie dies am Wochenende regelmäßig. Während ihres Gesprächs an Weihnachten sagte Lukas:

„ Daniela ist auch hier, sie will Dich auch grüßen und Dir etwas erzählen".

Sie erzählte ihm, dass sie wieder Kontakt zu Andrea habe, die wohne in Remagen und arbeite in Bonn. Bei ihrem letzten Gespräch habe sie Daniela gebeten, Markus zu grüßen.

Sie verbinde Markus, den „Schweiger" immer noch mit dem köstlichen Frankfurter Kranz vom Frohnhof-Cafè, das es ja leider nicht mehr gäbe.

Nun war Ostern schon vorbei, aber dieses Gespräch ließ Markus keine Ruhe, er musste Andrea wiedersehen.

Allein wollte er sie nicht treffen, er hatte auch keine Adresse von ihr, so wartete er zunächst, bis Daniela wieder zurück aus Australien war.

Im Falterer Pfad gab es eine kleine Pension, dort bezog Markus nun sein Zimmer.

Eine Woche hatte er Urlaub, die Zeit wollte er diesmal nützen. So sprachlos, wie er damals im Frohnhof und unterwegs war, würde er diesmal nicht sein.

Der nächste Tag war ein Sonntag und Markus war mit Daniela und Andrea zum Essen verabredet. Er wartete bereits im Lokal, als Daniela pünktlich eintraf. Sie kam strahlend auf ihn zu und umarmte ihn. Sie freute sich sehr, ihn wieder zusehen.

Dann erschien Andrea, sie begrüßte ihn ebenfalls, meinte aber gleich spöttisch, sie habe ihn kaum wieder erkannt, so grau wie er geworden sei und so gesetzt.

Sie sah immer noch gut aus, aber Daniela gefiel ihm besser. Die Beiden unterhielten sich angeregt über Danielas Aufenthalt in Australien. Diesmal war es Andrea, die kaum sprach.

Markus beobachtete sie während des Essens, aber so genussvoll, wie sie damals den Kuchen gegessen hatte, aß sie heute nicht. Sie stocherte lustlos im Essen herum und schien auch schlechter Laune zu sein.

Als sie sich verabschiedete, war Markus erleichtert.

Mit Daniela verbrachte er einen schönen Nachmittag.

Am Abend bat Daniela ihn sie nach Heimersheim zu fahren, weil sie mit dem Zug gekommen sei und den des Abends nicht mehr gern nähme.

Markus kam Danielas Wunsch gern nach.

Sein Zimmer in der Pension sah er am nächsten Tag nur noch einmal um seine Sachen abzuholen.

Er verbrachte mit Daniela, die ebenfalls Urlaub hatte, eine wunderschöne Woche.

Am Ende des Urlaubs stand für Markus fest, er würde sich von seiner Firma in die Bonner Niederlassung versetzen lassen, angeboten hatte man ihm dies bereits.

Daniela wollte sich in der Zwischenzeit nach einer geeigneten Wohnung in Remagen umsehen.

Es sollte noch bis zum Hochsommer dauern, aber dann hatten sie es geschafft.

Zur Einweihung kamen auch Lukas und Sandra aus Australien. Andrea war ebenfalls eingeladen.

Als sie den Begrüßungssekt getrunken hatten, klingelte es an der Tür.

Klausis Backstübchen brachte einen Frankfurter Kranz.

Markus nahm den Kranz und sagte: „Liebe Daniela, mit einem Stück Frankfurter Kranz begann unsere Bekanntschaft, nun soll er auch bei unserem gemeinsamen Leben dabei sein".

Als Daniela antwortete: „Wenn wir erst heiraten, dann gibt es ein ganzes Buffet mit lauter Frankfurter Kränzen", da lachten ihre Gäste, aber Markus wusste: „Ich bin auf Umwegen dort angekommen, wo ich hingehöre".

Das Wiedersehen

In einem Cafè am Marktplatz in Bonn saß ein älterer Herr an einem Tisch und sah aus dem Fenster.

Es war ein trüber, regnerischer Tag, sonst hätte er sich gern draußen auf den Markt gesetzt um dem Treiben zu zuschauen.

Er wurde alt, schwelgte in Erinnerungen, warum sonst war er nach Bonn gereist.

Am Abend zuvor war er mit dem Zug aus München angekommen. Er quartierte sich in einem Hotel am Venusberg ein, von wo er einen schönen Blick auf die Stadt hatte.

Vor 30 Jahren war er, berufsbedingt, 6 Wochen in Bonn. Die Hälfte der Zeit war bereits um, als er zwei junge Frauen in diesem Café kennenlernte. Sie unterhielten sich nett und die Beiden versprachen ihm, Bonn zu zeigen, wie er es noch nicht kennengelernt hatte.

Meistens waren sie zu dritt in Bonn und Umgebung unterwegs. Sie machten eine Schiffstour nach Remagen, sahen sich die Apollinariskirche an, stiegen auf die Erpeler Ley, besuchten den Rolandsbogen und gegenüber den Drachenfels. Es waren schöne 3 Wochen.

An seinem letzten Abend in Bonn traf sich Sepp, so wurde der junge Mann genannt, allein mit Rosemarie.

Die Beiden wussten, dass es für sie keine gemeinsame Zukunft geben würde. Sepp erzählte Rosemarie und ihrer Freundin von seiner Frau und seinen Kindern in Bayern.

Allerdings hoffte er, dass er im nächsten Sommer noch einmal für einige Wochen in Bonn sein könnte, darum hatte er sich Rosemaries Adresse auf den Fotos, die er gemacht hatte, notiert.

Das Jahr verging, er war tatsächlich berufsbedingt wieder in Bonn, fuhr zu dem Haus in dem Rosemarie wohnte und erfuhr, dass sie als Au - Pair Mädchen in England sei.

Er war sehr enttäuscht, auch die Freundin war in England, so fuhr er in seiner Freizeit zu allen Orten, die sie gemeinsam besucht hatten.

Als Sepp wieder in Bayern war, stürzte er sich in seine Arbeit, aber Rosemarie konnte er einfach nicht vergessen. Er war schon eine ganze Weile zu Hause, als seine Frau Fotos fand, auf denen Rosemarie und ihre Freundin zu sehen waren. Seinen Beteuerungen, dass er sie in diesem Jahr gar nicht gesehen hätte und das Jahr zuvor wären sie immer nur zu dritt unterwegs gewesen, glaubte sie nicht.

Sie stritten und versöhnten sich wegen der Kinder, die noch im Grundschulalter waren, aber ein Riss war in ihrer Beziehung und der wurde im Laufe der Zeit immer größer, bis es eines Tages doch zur Scheidung kam.

Die Kinder waren aus dem Haus, da gab es keine Gemeinsamkeiten mehr, nur das Misstrauen und die Sprachlosigkeit wurden immer größer.

Sepp zog nach München und arbeitete wie besessen, er wusste nicht wohin mit seiner Trauer und seiner Einsamkeit.

So vergingen die Jahre, bis Sepps Körper streikte. Die bisherigen Warnsignale nahm er nicht wahr, nun war er so krank, dass er in den Vorruhestand verabschiedet wurde.

Er zog aufs Land, in die Nähe seiner Kinder, dort erholte er sich mit leichten Gartenarbeiten.

Eines Tages fragte ihn seine Tochter warum er sich mit ihrer Mutter entzweit habe, da erzählte er ihr von Rosemarie. Er wunderte sich, als seine Tochter meinte, ihre Liebe sei wahrscheinlich schon vorher abhanden gekommen, sonst hätte er diese Bonner Geschichte doch bestimmt nach ein paar Wochen vergessen.

Nein, er hatte Rosemarie nie vergessen! Aber wo sollte er sie suchen?

Einige Wochen später drückte ihm seine Tochter einen Zettel in die Hand, darauf stand eine Bonner Telefonnummer und der Name „Rosemarie".

Seine Hand zitterte, als er sagte: "Das kann ich doch nicht machen, nach so vielen Jahren einfach dort anrufen! Ich bekäme bestimmt keinen Ton raus."

Aber seine Tochter ließ nicht nach, ihre Mutter hatte ein neues Glück gefunden, warum sollte dies ihrem Vater nicht ebenfalls vergönnt sein.

Auch seine Bedenken, das er ja nun ein alter und kranker Mann sei, ließ sie nicht gelten.

Die Tochter war hartnäckig. Sie wählte die Nummer und drückte ihrem Vater das Telefon in die Hand.

Es meldete sich eine Frau, als er nach Rosemarie fragte, sagte sie, sie sei die Tochter, die Mutter sei zurzeit nicht im Haus, aber sie wolle ihr gern etwas ausrichten. Sepp erzählte ihr, dass sie sich vor sehr langer Zeit einmal in Bonn kennengelernt hätten und plötzlich hörte er sich sagen, er wolle in diesem Sommer wieder einmal nach Bonn reisen, da würde er sich freuen, wenn sie sich einmal wieder sähen.

Die Tochter war sehr überrascht, sie hatte noch nie etwas von ihm gehört. Dann erzählte sie ihm, dass ihre Mutter nach einer schweren Erkrankung jetzt zur Erholung gereist sei.

Ihr Vater sei schon vor Jahren verstorben. Sie verabredete mit ihm, dass sie sich bei ihm melden würde, wenn ihre Mutter die Erholung beendet hätte.

Das Telefonat hatte ihm gut getan, die Stimme der Tochter klang wie die ihrer Mutter vor 30 Jahren. Vor zwei Tagen hatte rief sie ihn an, sie hatte mit ihrer Mutter geredet, die Bedenken wegen des Treffens hatte, sie war offensichtlich von Sepp damals nicht so beeindruckt, wie er von ihr, denn sie konnte sich nicht mehr an ihn erinnern.

Er entschloss sich trotzdem nach Bonn zu fahren, er freute sich auch auf ein Wiedersehen mit der Stadt und ihrer Umgebung.

Ungeduldig war er nicht, trotzdem betrat er das Café viel früher, als sie verabredet waren.

Nun saß er am Fenster und schaute den Passanten zu, da entdeckte er zwei Frauen, die auf das Café zusteuerten, als sie näher kamen, hoben sie den Regenschirm etwas an und – da stockte ihm fast der Atem, die jüngere sah aus wie Rosemarie vor 30 Jahren. Es war ihm klar, das dies die Tochter sein musste. Aber auch die Mutter war eine ansehnliche Frau, wie er feststellte, als sie ihn begrüßten.

Sepp hatte die Fotos von damals mitgebracht. Als Rosemarie die Fotos sah, erinnerte sie sich.

Sie sah Sepp noch einmal genauer an und dachte, dass er ihr mit seinem vollen weißen Haar viel besser gefalle. Die lustigen braunen Augen, an die sie sich plötzlich auch erinnerte, blitzten an diesem Tag mehrfach auf.

Sie blieben viel länger, als sie eigentlich wollten. Da die Wetterprognose für den nächsten Tag auch nicht besser ausfiel, schlug Steffi, die Tochter, vor, Sepp solle doch zu ihnen nach Hause kommen. Sepp sagte begeistert zu, Rosemarie fühlte sich von ihrer Tochter ein wenig überrumpelt, mochte dies aber nicht in Sepps Gegenwart sagen.

Der nächste Tag war ein Sonntag, Steffi hatte für ihre Mutter und Sepp gekocht. Nach dem Mittagessen verabschiedete sie sich, sie war ebenfalls verabredet.

Es hatte aufgehört zu regnen, die Sonne kam raus und so machten sie einen langen Spaziergang. Rosemarie und Sepp verstanden sich von Stunde zu Stunde besser, sie redeten auch über ihre gesundheitlichen Probleme und das sie Beide aus diesem Grund kein Liebespaar werden könnten.

Am Ende des Tages war ihnen bewusst, das sie Nähe des jeweils anderen aber nicht mehr missen wollten.

So kam es, dass sie zusammen zogen um Hand in Hand durch die ihnen verbleibenden Jahre zu gehen.

Die Zofe Loni

An einem schönen Frühlingssonntag, im Jahre 1895, als Deutschland noch ein Kaiserreich war, brachte Lisbeth Schneider ihre 5. Tochter zur Welt.

Ihr Mann, Wilhelm, Maler, Tapezierer und Stuckateur von Beruf, hatte die Hoffnung auf einen Sohn längst aufgegeben.

Für die 4. älteren Mädchen hatten sie nur Jungennamen ausgesucht, als diese zur Welt kamen.

Darum hießen die 16 Jährige Wilhelmine, die 15 Jährige Friederike, die 13 Jährige Josefine und die 11 Jährige Mathilde, die ein „Matthias" werden sollte.

Nun gab es noch diesen Nachkömmling, mit dem niemand mehr gerechnet hatte.

Sie erhielt den Namen „Apollonia", genannt Loni.

Loni war viel kleiner und zarter als ihre Schwestern.

Wilhelmine und Friederike, die beiden ältesten Töchter, hatten ihre Schulzeit bereits beendet.

Ihr Vater Wilhelm wollte nicht, dass seine Töchter in „Stellung gingen".

Wenn eine Familie, wie damals üblich, viele Kinder hatte, dann mussten sich die älteren Kinder als Knechte und Mägde, oder Hausmädchen und Hausburschen verdingen.

Mit ihren 13 oder 14 Jahren waren sie oft noch sehr kindlich und mussten aber schon 14 bis 16 Stunden hart arbeiten. Das wollte Wilhelm seinen Töchtern ersparen.

Er war der Meinung die Mädchen hätten zu Hause genug Arbeit.

So war es auch.

Wilhelmine, die Älteste, war gern bei ihren Großeltern, die einen großen Garten mit vielen Obstbäu-
men besaßen. Der Großvater hielt Bienenvölker und
zeigte Wilhelmine, was er Alles aus dem Honig und
dem Wachs herstellen konnte. Die Großmutter kannte sich sehr gut mit Kräutern aus, so dass Wilhelmine
außer Honig und Kerzen, auch allerhand Tränke, Seifen und Cremes zu zubereiten verstand.

Friederike, die zweite Tochter, hatte von der
Mutter nähen gelernt, während ihre Schwester Jose-
fine lieber strickte. Mathilde konnte Pflanzen und
Vögel wunderschön zeichnen und sticken.

Die Arbeiten der Mädchen waren so gut, dass sie
im kleinen Laden ihrer Tante zum Verkauf angeboten
wurden.

Alles, was die vier älteren Schwestern konnten,
lernte Apollonia. Manches konnte sie bald noch besser, als ihre Schwestern. Sie nähte sehr feine, kaum
sichtbare Stiche und dazu auch noch schneller als
Friederike. Ihre Stickereien waren noch viel feiner, als
die von Mathilde.

Wenn sie ihre Schwestern frisieren durfte, dann
war sie glücklich.

Sie dachte sich die tollsten Frisuren aus, so dass
der Vater einen Fotografen beauftragte Bilder seiner
Töchter zu machen, die dieser im Schaufenster seines
Geschäftes ausstellte.

Eines Tages betrat ein sehr feines Paar das Geschäft und erkundigte sich nach den jungen Damen.

Sie waren sehr erstaunt, als sie erfuhren, dass die Schwestern von der jüngsten, die im selben Jahr erst ihre Schulzeit beendete, frisiert wurden.

Die vier älteren Töchter der Familie Schneider waren mittlerweile verheiratet und hatten eigene Familien, nur Apollonia, genannt Loni, lebte noch bei den Eltern.

Mit ihren, nun 14 Jahren sah sie immer noch sehr kindlich aus, da sie kleiner als ihre Schwestern und auch viel zarter war.

An einem schönen Maitag saß Loni mit ihrer Mutter im Garten, als ein Bote vom besten Hotel der Stadt, erschien und einen Brief überreichte.

Der Brief war mit einem Wappen verziert und an den Vater adressiert.

Die Mutter dachte, der Vater bekäme mal wieder einen Auftrag von einer der adligen Familien, die am Rhein ihre Sommerresidenzen bauten.

Aber es ging um Loni.

Ein Baron von Stelzenbach und seine Gemahlin, wollten Loni und ihre Eltern kennen lernen.

Mutter, Vater und Loni machten sich zur passenden Zeit, auf den Weg zum Hotel.

Baron und Baronin Stelzenbach empfingen Familie Schneider in einem Salon des Hotels.

Schnell erfuhr die Familie Schneider, dass die Baronin Loni als Zofe einstellen wollte.

Den Eltern war das gar nicht recht, aber Loni freute sich.

Nach ein paar Tagen Bedenkzeit, in der Loni sich bereits ein schwarzes Kleid, eine feine, bestickte Schürze, einen Kragen mit Spitze, ein Häubchen und Ärmelabschlüsse mit Spitze genäht und gestickt hatte, ließ ihr Vater sie so hergerichtet, fotografieren.

Die Baronin war entzückt. Ihre Zofe war ihr ehemaliges Kindermädchen und nun so alt, dass sie froh war, ein junges Mädchen zur Unterstützung zu bekommen.

So reiste Loni mit der Baronin, ihrem Gemahl und einigen Bediensteten in die Stadtresidenz der Familie von Stelzenbach.

Das Haus war so groß wie das beste Hotel in Lonis Heimatstädtchen.

Es gab einen Kutscher, einen Diener, Zimmer- und Küchenmädchen, eine Köchin und eine Erzieherin für die Kinder.

Loni fand sich sehr schnell im Haus zurecht. Wenn sie einen Stoff sah, dann wusste sie gleich was daraus werden sollte.

Die Baronin war glücklich! So viele schöne neue Kleider, in wenigen Wochen hergestellt, wie machte das Mädchen das nur.

Dem übrigen Personal war Lonis Kunst nicht ganz geheuer. Hatte sie sich an einer Nadel verletzt, so tupfte sie ein wenig von einer Salbe, die sie selbst hergestellt hatte darauf und schon war nichts mehr von einer Verletzung zu sehen und Loni konnte weiter nähen.

Von einer Reise nach Paris hatte die Baronin einen wunderschönen Seidenstoff mitgebracht.

Sie wollte sich in einem Pariser Modehaus daraus ein Kleid nähen lassen, hätte aber eine Woche warten müssen, bis das Kleid fertig war. Loni schaffte dies bis zum übernächsten Tag.

Nach dem sie die Maße der Baronin festgestellt hatte, schnitt sie den Stoff zu.

Einige Stunden später konnte die Baronin anprobieren und eventuelle Änderungswünsche äußern, aber sie war bei der Anprobe schon so überrascht, dass sie kaum den übernächsten Morgen abwarten konnte.

Loni konnte ungewöhnlich schnell nähen, darum sprachen Alle, die sie kannten von Lonis „Zaubernadel". Niemand konnte eine Naht so schnell und fein nähen, wie Loni.

Alle Arbeiten, die sie ausführte erledigte sie im Hand - umdrehen, aber so gut, dass es nie etwas auszusetzen gab.

Wenn sie sich oder die Baronin frisierte, dann flog der Kamm förmlich durchs Haar ohne es auch nur einmal zu zerren.

Sie selbst sah immer sauber und adrett aus.

War jemand krank, so bereitete sie einen Trank zu oder eine Heilsalbe.

Loni wollte ein paar Jahre bei der Baronin bleiben um zu lernen und Geld zu verdienen.

Es gab aber niemand im Haushalt von dem sie noch viel hätte lernen können und gut bezahlt wurde sie auch nicht, weil sie ja noch so jung war.

Eines Tages nahm Loni ihren Einkaufskorb legte einige Töpfchen mit Salbe und einige Seifenstücke hinein, sagte sie müsse Garn und Bänder einkaufen und ging zu einem Apotheker.

Bevor Loni bei der Familie von Stelzenbach im Dienst stand, waren sie eifrige Kunden des Apothekers. Dieser hatte von der Köchin erfahren, dass die Zofe nun für die Heilmittel des Haushaltes zuständig wäre.

Als Loni einmal einige Zutaten, die sie für ihre Seifen und Salben benötigte, bei dem Apotheker einkaufte, bat er sie, ihm Seifen, Salben und Tränke zu liefern, er wolle sie gut entlohnen. Diesen Wunsch erfüllte Loni nur zu gern.

Für einen Teil des Geldes, das Loni von dem Apotheker bekam, kaufte sie Stoffe und fertigte daraus Kleider nach der neuesten Mode.

In einem Modehaus bot sie die Kleidung an, dort wollte man nicht glauben, dass dieses kleine Mädchen diese schönen, modischen Kleider genäht hatte.

Eine ältere Dame, die sich die Kleider zeigen ließ, war so begeistert von Loni, dass sie ihr anbot, in ihre Dienste zu treten.

Loni verließ die Familie von Stelzenbach und zog zu Frau Mercator.

Das Haus war viel kleiner und es gab auch nicht soviel Personal wie im Haus derer von Stelzenbach. Frau Mercator war eine Witwe, die den Kolonialwarengroßhandel ihres verstorbenen Mannes weiterführte.

Michael, ihr einziger Sohn lebte in Südamerika, dort hatte die Firma Mercator eine Niederlassung.

Loni arbeitete wieder als Zofe, aber Frau Mercator legte auch Wert darauf, dass Loni Sprachen lernte und bald auch etwas vom Handel verstand.

Die Beiden verstanden sich sehr gut und Loni wurde für Frau Mercator unentbehrlich, ja sie war immer weniger eine Angestellte, eher eine Freundin.

Als Loni 19 Jahre alt war, gab es einen großen Krieg und die Zeiten änderten sich.

Die jungen Männer, mit denen Loni in ihrer Freizeit zum Tanzen ging mussten an die Front.

Ihre Eltern verstarben und auch ihre Schwestern überlebten diesen Krieg nicht.

Das Geschäft der Frau Mercator litt sehr, da sie keine Ware mehr aus Übersee beziehen konnte.

Nun handelten sie mit den Salben, Seifen und Heiltränken, die Loni herstellte.

So überstanden sie die schweren Jahre.

Das Nähen hatte Loni auch nie aufgegeben, nur die feinen Stoffe, die sie sonst verarbeitet hatte, waren kaum noch erhältlich, bis der Krieg zu Ende war.

Im Frühjahr des Jahres 1920 stand plötzlich der Sohn der Frau Mercator vor der Tür.

Er war mit riesigen Mengen an Kolonialwaren und Stoffen angekommen, weil er aus Briefen seiner Mutter von Lonis Talent wusste.

Nun konnte Loni nach Herzenslust Kleider entwerfen und nähen.

Während des Krieges lernte sie eine junge Frau kennen, die wie Loni, eine sehr begabte Näherin war. Mit Hilfe von Grete, so hieß diese junge Frau, entstanden in einigen Monaten die schönsten Kleider aus Michaels Stoffen.

Frau Mercator und ihr Sohn waren begeistert.

So verwandelte sich der Kolonialwarengroßhandel Mercator in einigen Monaten in das Modehaus Apollonia.

Diesen Namen hatte Michael ihrem Geschäft gegeben, er hatte auch für eine neue Ausstattung gesorgt.

Die alte Frau Mercator hatte schon manches Zipperlein, sie war sehr froh, dass sie ihr Geschäft nun in jüngere Hände legen konnte.

Am Abend vor der Neueröffnung zeigte Michael Loni noch einige Dinge, die er für das neue Modehaus erworben hatte.

Die letzte Schachtel bat er Loni zu öffnen. Auf einem schwarzen Satinkissen lagen eine wunderschöne Kette, Ohrringe, eine Brosche und ein Armband.

Loni fragte, für wen er denn diesen wertvollen Schmuck erworben habe, da antwortete Michael ihr: „Für meine zukünftige Frau".

Er nahm die Kette und legte sie um Lonis Hals, dann fragte er sie, ob sie seine Frau werden wolle.

Loni gelang nur ein leises „Ja, das will ich sehr gern".

So wurde aus der Zofe Loni die junge Frau Mercator.

Der 50. Geburtstag

Endlich Feierabend!

Elke schloss die Tür ihres Cabrios auf, warf ihre Tasche auf den Rücksitz und düste nach Hause.

Ihr Mann Werner war, wie immer um diese Zeit, bereits zu Bett gegangen. Er stand jeden Morgen pünktlich um 6 Uhr auf, auch am Wochenende, wenn er nicht zur Arbeit brauchte.

Sie hatten getrennte Schlafzimmer seit Elke das Fitnessstudio betrieb. So konnte sie ohne Werner zu stören im Bett noch lesen oder fernsehen.

An diesem Abend oder besser Nacht, es war bereits ein Uhr dreißig, war alles anders.

Sie hatte eine SMS von ihrer Zwillingsschwester Heike bekommen, die fragte, ob sie ihren 50. Geburtstag in drei Monaten gemeinsam feiern wollten.

Elke fand fünfzig wäre eine schreckliche Zahl, sie feierte ohnehin nicht gern Geburtstag, da

musste Heike sie ausgerechnet heute, wo sie sich selbst in ihrem Fitnessstudio mal wieder richtig verausgabt hatte und ihre viel jüngeren Mitarbeiterinnen sie bewunderten wegen ihrer Figur und ihrer Kondition, daran erinnern.

Sie waren sehr verschiedene Zwillinge, Heike war bei der Geburt sehr viel kleiner und lange Zeit kränklich. Der Vater wusste mit ihr nicht viel anzufangen und überließ sie gern ihrer Mutter. Er war der Leiter des örtlichen Turnvereins und nahm Elke schon mit in die Turnhalle, als sie gerade laufen konnte. Ihre sportlichen Erfolge waren dem Vater wichtiger als ihre Zeugnisse. Bei Heike war das umgekehrt, sie war eine sehr gute Schülerin, aber sie hasste Sport. Heike machte Abitur und zog zum Studium nach Frankfurt am Main. In ihr Elternhaus kam sie nur noch selten zu Besuch. Seit dem Tod ihrer Mutter, vor 20 Jahren, war sie nur noch einmal dort gewesen, Vater und sie hatten sich nichts zu sagen.

Elke brach die Schule ab, weil ihre schulischen Leistungen nachgelassen hatten. Sie war ständig zu Wettkämpfen unterwegs, ihr Vater meinte, sie müsse ihr Pensum reduzieren. Aber im Sport war Elke keine Herausforderung zu groß. Bei einem Wettkampf lernte sie Werner kennen. Er war ein sehr gelassener Typ und betrieb den Sport lang nicht so verbissen wie sie. In seiner Gegenwart wurde sie ruhiger, selbst ihr Vater meinte, das sei der richtige Mann für sie und so waren die Beiden bald ein Paar.

Ihr Vater bestand auf einer Hochzeit, sie sollten nicht so leben wie Heike, die seit Jahren mit ihrem Freund zusammen wohnte, einen großen Freundeskreis hatte und ihre Freizeit, wie ihr Vater meinte, nur mit feiern verbrachte.

Da konnte er nichts mit anfangen, bei ihm und Elke herrschten Ordnung und Disziplin!

Elkes Vater war Beamter und so gelang es ihm auch Elke für den Staatsdienst zu begeistern.

Als Elke mit ihrer Ausbildung im Innenministerium in Bonn begann, war an den Fall der Mauer und einen Berlin Umzug noch nicht zu denken. Nach einem Bürotag brauchte Elke, wie ihr Vater nach Feierabend, den sportlichen Ausgleich. Werner, der mittlerweile als Ingenieur arbeitete, hatte einen längeren Arbeitstag und konnte nur am Wochenende sportlich aktiv werden. Sie lebten bei Elkes Eltern im Haus, ihre Mutter, eine stille Frau, kümmerte sich bis zu ihrem Tod um den gemeinsamen Haushalt. Der plötzliche Tod der Mutter und die Pensionierung des Vaters fanden im selben Monat statt. Es war typisch für ihren Vater, trotz der Trauer für Ordnung zu sorgen. So teilte er ihr mit, er habe eine Haushaltshilfe engagiert, denn Werner und sie hätten ja keine Zeit diese Arbeit zu übernehmen und er habe keine Ahnung von Haushaltsdingen.

Um diese Zeit begann Elke, jeden Tag nach Feierabend, in ein Fitnessstudio nur für Ladys in der Nähe ihres Büros, zu gehen. Sie hatte sich bald mit der Besitzerin angefreundet, die sie als Trainerin engagieren wollte.

Das war Elkes Traum, aber sie wusste, dass sie zu Hause nichts davon sagen durfte. Werners Zustimmung wäre ihr sicher gewesen, aber die Einwilligung ihres Vaters hätte sie nie bekommen, er mochte keine Studios.

Ihr Vater war zwei Jahre zu Hause, als Elke eines Tages einen Anruf ihrer Hausgehilfin bekam, die ihr mitteilte, dass ihr Vater verunglückt sei und in der Uniklinik auf dem Venusberg wäre.

Sie fuhr gleich los, traf ihn aber nicht mehr bei Bewusstsein an.

Nach dem Tod ihres Vaters änderte sie ihr Leben radikal. Sie kündigte den Staatsdienst, denn sie wollte nicht mit nach Berlin ziehen, wurde stattdessen Teilhaberin des Fitnessstudios und baute dies noch weiter aus. Es war viel Arbeit, sie hatte einen langen Tag und war auch am Wochenende selten zu Hause. Werner sah sie oft Tagelang nicht. Im Anfang telefonierten sie mittags noch miteinander, aber das ließ bald nach. Dann verständigten sie sich nur noch per SMS oder Zettel auf dem Küchentisch. Finanziell ging es ihnen gut, aber sie hatten einfach keine Zeit, um in Urlaub zu fahren, oder sich mal ein entspanntes Wochenende zu gönnen.

Werner war sehr viel beruflich unterwegs. Vor zwei Jahren war er von seiner Firma für ein Jahr in die USA gesandt worden. Da chatteten sie des Nachts, das funktionierte durch den Zeitunterschied hervorragend. Nun war Werner seit fast einem Jahr wieder da und sie redeten viel weniger miteinander, von einem Liebesleben ganz zu schweigen.

Ein sehr intensives Liebesleben hatten sie nie, als ihr Vater noch lebte, fuhren sie regelmäßig in Urlaub, da waren sie diesbezüglich aktiver als zu Hause. An Kinder dachten sie nicht, nun war es zu spät. Ihre Schwester Heike hatte ebenfalls keine Kinder. In Werners Familie, so weit noch vorhanden gab es keine Kleinkinder und bei vielen ihrer Schulfreundinnen ebenfalls nicht. Eigentlich schade, dachte sie, wenn sie Kinder hätte, würde sie vielleicht nicht so in Panik geraten, wegen der fünfzig Jahre, die sie bald alt wäre.

Morgen, so nahm sie sich vor wollte sie mit Werner über die Geburtstagsfeier reden.

Mittags rief sie Werner in seiner Firma an, er hatte nicht viel Zeit, meinte aber, sie solle Heike zusagen, so brauche sie doch zu Hause nicht zu feiern, falls jemand sie an den Geburtstag erinnern sollte. Das sah sie ein, wenn schon so ein schrecklicher Geburtstag, dann sollte die Feier lieber dort sein, wo sie außer Werner, Heike und ihren Freund niemanden kannte.

Sie schrieb Heike eine lange SMS, dass sie sich ihrer Feier anschließen würde, sie aber keinem in ihrem Bekanntenkreis sagen brauche, dass sie Zwillinge seien. Heike schrieb ihr zurück, da solle sie sich mal keine Sorgen machen, zum Termin nur mit ihrem Werner erscheinen, für alles Weitere würde sie schon sorgen. Elke war erleichtert, als sie die Antwort las. Der Geburtstag fiel auf einen Freitag, so vereinbarte Elke mit ihrer Teilhaberin, dass sie sich 4 Tage frei nehmen würde, das hatte sie mit Werner so abgesprochen.

Kurz vor dem Termin bekam sie noch eine Nachricht von ihrer Schwester mit einer neuen Adresse und der Bitte, um 11 Uhr am Rathaus in Königstein im Taunus zu sein. Es war ihr schleierhaft, was sie am Rathaus sollten und so war sie doch sehr aufgeregt, als sie kurz vor 9 Uhr an dem Freitagmorgen losfuhren, sie wollten ja pünktlich ankommen.

Sie hatten Glück und fanden in der Nähe des Rathauses einen Parkplatz. Als sie dort ankamen hatten sich dort schon einige festlich gekleidete Menschen versammelt. Plötzlich sah sie auch ihre Schwester und deren Freund. Ihre Schwester trug einen Blumenstrauß, da sagte sie zu Werner: „Heike sieht aus wie eine Braut." So war es auch. Sie gingen zunächst ins Standesamt, nach dem Jawort gab es einen kleinen Sektempfang und Mittagessen in einem sehr schönen Lokal in der Nähe. Am Spätnachmittag fuhren sie mit dem Brautpaar zu dessen neuem Haus, die anderen Gäste verabschiedeten sich bis zum nächsten Tag.

Es war ein wunderschönes Haus mit einem großen Garten, der sehr gepflegt war. Als Heike ihr erzählte, dass sie möglichst jeden Tag nach Feierabend in ihrem Garten arbeiteten, da fiel Elke erst auf wie gut Heike aussah.

Sie verbrachten den restlichen Nachmittag und auch den Abend im Garten, es war ein sehr warmer Juniabend, der Mond stand wie ein großer Lampion am Himmel. Es duftete nach Rosen und die Luft fühlte sich an wie die Seide des Kleides, dass Elke sich nach langem Zögern für diesen Tag gekauft hatte. So ein Kleid besaß sie noch nie, sie trug immer nur sportliche Sachen, seit Jahren nur Hosen. Erst fühlte sie sich unbehaglich in dem Kleid, aber als sie am Morgen Werners Blick sah, da wusste sie, sie hatte richtig gewählt. Selbst ihre Schwester machte ihr ein Kompliment wegen des Kleides.

Ihre Teilhaberin Claudia, war vor zwei Tagen mit ihr einkaufen gegangen, sie kleidete Elke komplett neu ein, auch neue Unterwäsche und ein sehr schönes Nachthemd suchte sie ihr aus. So etwas hatte sie noch nie getragen, aber Claudia meinte, wenn sie so eine Panik wegen ihrem Geburtstag habe, brauche sie etwas schönes zum Anziehen.

Sie erzählte Werner nichts von den Einkäufen, jetzt hatte sie ein mulmiges Gefühl, wie würde er auf das Nachthemd reagieren?

Werner war ihr gegenüber so aufmerksam wie schon lange nicht mehr und sei stellte fest, dass er immer noch sehr gut aussah. Wann hatte sie ihn das letzte Mal so genau angeschaut?

Sie saßen auf der Terrasse und tranken Wein, Elke fühlte, dass sie einen leichten Schwips bekam, sie trank doch wegen des Sports sehr selten Alkohol und wenn, dann hatte sie ein schlechtes Gewissen, aber heute nicht.

Heute wollte sie Leben!

Sie fühlte sich unglaublich leicht und so viel wie heute hatte sie wahrscheinlich noch nie gelacht.

Bei ihrer Ankunft im Haus zeigte Heike ihnen ihr Zimmer, als sie nun neben Werner die Treppe hochstieg, fühlte sie seine Hand in ihrem Rücken, das hatte er ja noch nie gemacht!

Ihr Zimmer hatte einen kleinen Balkon zum Garten hin, auf diesen trat sie nun. Werner stand hinter hier, schlang seine Arme um sie und küsste sie auf ihr linkes Ohr. Da brachen bei ihr alle Dämme, alles was sich in Jahren an Gefühlen angestaut hatte, musste in dieser Nacht raus. Zum Schlafen kamen sie in dieser Nacht nur sehr wenig, trotzdem fühlte sie sich am anderen Morgen so gut wie nie zuvor in ihrem Leben!

Goldene Hochzeit

„Marianne und Harry laden alle Verwandten und Freunde zu ihrer goldenen Hochzeit ein",

so lautete die Anzeige im Lokalblättchen ihres Ortes, das Marianne am Vortag ihrer goldenen Hochzeit in der Hand hielt.

Sie zeigte Harry die Anzeige und sagte: „Ich bin mal gespannt was das wird, aber auch froh, dass wir Beide nur zu feiern brauchen, es ist schon toll, dass unsere Kinder alles andere für uns regeln." Harry war nicht so ganz ihrer Meinung. Ihm war etwas mulmig zu mute, was mochte da auf sie zu kommen?

Es gab da so einiges in ihrem gemeinsamen Leben, das er gern vergessen hätte.

Schon beim Start ins gemeinsame Eheleben hatte er sich nicht mit Ruhm bekleckert.

Marianne war die Freundin seiner Schwester Erika, beide waren in der Ausbildung zur Friseurin.

Marianne und Erika hatten, wie er fand, eine Vorliebe für kitschige Liebesschnulzen, diese Filme sahen sie sich des Sonntags in der Nachmittagsvorstellung an.

Harry war drei Jahre älter als die Beiden und bereits seine Ausbildung zum Autoschlosser beendet. Mit seinen Freunden teilte er die Vorliebe für Mopeds und Mädchen. Wenn er mit seiner „Florett" in schwarzer Lederjacke mit hochgestelltem Kragen und Elvis-Frisur durch Bad Neuenahr düste, dann wusste er genau, das ihm einige Mädchen sehnsüchtig hinterher schauten. Seinem Vater waren diese Blicke wohl auch nicht entgangen, denn er drückte ihm eines Tages ein Päckchen Kondome in die Hand.

Das war seine Art, den Sohn aufzuklären!

Am 1. April 1963 trat er zusammen mit einigen Freunden, seinen Wehrdienst an. Damals betrug die Dienstzeit achtzehn Monate. Er hatte sich zur Marine gemeldet und sollte an diesem 1. April in Wilhelmshaven antreten.

Vorher wollte er mit seinen Freunden noch kräftig Abschied feiern.

Seine Schwester und ihre Freundin Marianne nahmen an der Feier, die im Keller eines Freundes stattfand, teil.

Sie tranken Alkohol, obwohl die Mädchen dies noch nicht sollten, tanzten und schmusten.

Schließlich lockte Harry Marianne in einen Nebenraum und fiel über sie her.

Am nächsten Tag, es war ein Sonntag, hatte er einen Kater und ein schlechtes Gewissen, denn ein Kondom benutzte er nicht. Das Marianne sich gewehrt hatte, reizte ihn erst recht.

Marianne traute sich nicht, zu Hause etwas zu erzählen, ihre Freundin bemerkte was passiert war, mochte aber auch nicht darüber zu reden, Jungs waren eben so.

Der 1. April war montags und Harry und seine Freunde traten ihren Dienst bei der Bundeswehr an.

Als nach drei Monaten sein Grundwehrdienst beendet war, bekam er Urlaub, den er zu Hause verbrachte.

Seine Eltern freuten sich zwar ihn zu sehen, machten ihm aber auch klar, das er heiraten müsse.

Sie waren schließlich mit Mariannes Eltern befreundet und wollten es auch bleiben. Wegen seines schlechte Gewissens und willigte Harry ein. So begann die Ehe zwischen den Beiden.

Heiligabend kam ihr erste Sohn, Harald zur Welt. Der junge Vater hatte Dienst, er bekam erst zu Ostern wieder Urlaub. Nach diesem Osterurlaub war Marianne zum zweiten Mal schwanger und wusste, dass Harry Berufsoldat werden würde.

Holger wurde im Januar geboren als sein Vater auf hoher See unterwegs war.

Im Juli gab es dann zum ersten Mal einen längeren Urlaub. Harry wusste mit seinen kleinen Söhnen nicht viel anzufangen, er war heilfroh, als er wieder in Wilhelmhafen eintraf.

Auch nach diesem Urlaub war Marianne wieder schwanger, als sich herausstellte, dass sie mit Zwillingen rechnen müsste, beschloss sie, dass dies ihre letzte Schwangerschaft wäre.

Mit nur neunzehn Jahren war sie bereits Mutter von vier Kindern.

Ihre Töchter Astrid und Ingrid kamen ein paar Wochen vor ihrem errechneten Geburtstag per Kaiserschnitt zur Welt.

Mit weiterem Nachwuchs war jetzt nicht mehr zu rechnen, das hatte ihr der behandelnde Gynäkologe mitgeteilt.

Ihre Eltern freuten sich zwar über die Enkelkinder, aber auch ihnen reichte die Belastung mit vier kleinen Kindern. Ohne die Hilfe ihrer Eltern hätte Marianne die Arbeit und Kosten nicht meistern können.

Da sie selbst keine abgeschlossene Berufsausbildung hatte, wollte sie alles dafür tun, dass ihren Kindern kein Bildungsweg verschlossen blieb. Darin war sie sich mit Harry einig.

Sie schrieben sich einmal im Monat einen langen Brief, Marianne legte jedes Mal ein Foto der Kinder dazu, das war im Wesentlichen ihr Eheleben in den ersten fünfundzwanzig Jahren.

Mariannes Oma war eine hervorragende Kräuterfrau, die im Garten viele Kräutern und Gemüse anpflanzte und zubereitete. Marianne schrieb alles auf.

Mit einer Freundin hatte sie einen Volkshochschulkurs für Steno und Schreibmaschine besucht, der kam ihr da zu gute.

Sie fand einen Verleger und gab zunächst ein Kräuterbuch und dann zwei Kochbücher heraus.

Die Bücher erreichten eine hohe Auflage, damit war die Ausbildung der Kinder gesichert.

Alle vier Kinder waren gute Schüler, machten Abitur und studierten noch, als die silberne Hochzeit ihrer Eltern bevorstand. Das sollte ein großes Fest werden, aber Harry ließ sie schon frühzeitig wissen, dass er an diesem Termin nicht zu Hause sein würde.

Auf diese Absage hin unternahm Marianne eine USA Reise, eine ihrer Freundinnen war dort verheiratet und hatte sie eingeladen. Es war Mariannes erste große Reise.

Sie erlebte und sah sehr viel in diesen Wochen. Jeden Abend schrieb sie einen Bericht in ihr Tagebuch. An drei aufeinanderfolgende Abende jedoch nicht und dass hatte einen besonderen Grund und der hieß „Ron".

Ron und sie hatten sich bei einer Party, die ihre Freundin veranstaltete, kennengelernt und verliebt. Ron war zu dieser Zeit geschieden und Marianne konnte sich nicht entscheiden, ob sie wieder nach Hause zurückkehren oder in den USA bleiben sollte. Ron bat sie, ihm wenigstens ein gemeinsames Wochenende zu schenken. So verbrachten sie diese drei Abende in einem einsamen Landhaus. Es war sehr romantisch, mit einem Glas Wein, nach einem leckeren Essen, vor dem brennenden Kamin.

Dann zog Ron ihr die Schuhe aus und massierte ihre Füße, das tat ihr unglaublich gut!

Als Ron bemerkte wie entspannt sie nach dieser Massage war, glitten seine Hände an ihrem gesamten Körper entlang. Ron war ein Meister der Vorspeise, aber auch der Hauptspeise und des Desserts!

Nach dem Wochenende war Marianne sich gar nicht mehr so sicher, dass sie wirklich nach Hause fliegen würde. Als ihre Freundin aber sagte, Ron sei für seine erotisch-sexuellen Fähigkeiten im Freundeskreis bekannt, er brauche nur immer neue Frauen, da entschloss sie sich sehr schnell zur Heimreise.

Zu Hause legte sie ihrem Lektor, der sie bereits bei den Kräuter- und den Kochbüchern betreut hatte, ihren langen Reisebericht vor.

Er war begeistert, so wurde Marianne Reiseschriftstellerin!

Die Kinder waren aus dem Haus, die Oma verstorben, ihr Ehemann höchsten zweimal im Jahr für zwei Wochen anwesend, die Eltern im Rentenalter aber noch fit, da konnte sie reisen.

Drei Jahre reiste sie.

Dann hatte ihr Mann einen Autounfall mit komplizierten Knochenbrüchen, woraus ein langer Lazarettaufenthalt resultierte mit anschließender Rehabilitation, die auch zu Hause stattfinden sollte.

Zum ersten Mal in ihrem Eheleben waren Marianne und Harry länger als vier Wochen zusammen und das auch noch überwiegend allein.

Die Kinder kamen nur noch zu Besuch und ihre Eltern reisten viel, seit sie Rentner waren.

Es war für Beide eine sehr schwierige Zeit, sie lernten sich erst jetzt, nach so vielen Ehejahren wirklich kennen, hatten einen gemeinsamen Alltag mit seinen Tücken.

Marianne war gewohnt Entscheidungen zu treffen ohne lange nachzufragen, sie war eine sehr selbständige Frau geworden.

Mit dem Mädchen von einst hatte sie nichts mehr gemein.

Auch Harry war nicht mehr der Junge, der außer seinem Florett, Mädchen und seinen Kumpels nichts im Kopf hatte.

Sie waren zwei erwachsene Menschen, die sich ganz langsam auf einander zu bewegten.

Harrys Respekt vor Mariannes Lebensleistung wuchs mit jedem Tag.

Aber auch Marianne erkannte Harrys Wille, ihr nicht Last sondern lieber Lust zu sein.

Sie konnten miteinander reden und lachen, das wussten sie Beide bisher nicht.

Als Harry endlich wieder gesund war, bekam er eine Position in der Nähe angeboten, die er mit Freude annahm, die Zeiten in denen er froh war wieder nach Norden reisen zu können, waren vorbei.

Auch Marianne freute sich, sie sagte ihm: „ Wenn hier gereist wird, dann nur noch gemeinsam."

Marie-Luise

„So, nun noch die Fenster schließen, dann kann es los gehen".

Marie-Luise hatte den Satz ausgesprochen, als sie sich selbst hörte, dachte sie an ihre Mutter, die auch oft laut mit sich selbst redete.

Sie wurde ihr immer ähnlicher. Hoffentlich hatte sie aber eine längere Lebenserwartung, denn ihre Mutter starb bereits mit sechsundfünfzig Jahren, als Marie-Luise gerade ihren neunzehnten Geburtstag gefeiert hatte.

Ihr Vater, der zwanzig Jahre älter war, als seine Frau, überlebte diese drei Jahre.

Vielleicht hätte sie sonst nicht so jung geheiratet, aber ihr Vater war bereits sehr krank und wollte wohl, dass seine Tochter gut versorgt war, darum riet er ihr zur Hochzeit mit Thomas, dem ältesten Sohn eines angesehenen, großen Elektrobetriebes in Bonn.

Als ihr Schwiegervater vor der Hochzeit von ihnen verlangte einen Ehevertrag abzuschließen, war auch ihr Vater sofort dafür. Damals konnte sie ihn nicht verstehen, heute war sie froh, dass es diesen Vertrag gab. Schließlich vereinfachte der Vertrag die Scheidung.

Vor ein paar Tagen stellte man ihr die Scheidungsurkunde zu.

Da hatte sie heute doch auch einen Grund zu feiern.

Thomas und sie lernten sich in dem Steuerberaterbüro kennen, in dem Marie-Luise ihre Ausbildung absolvierte und in dem sie bis zum heutigen Tag angestellt war.

Ihr gefiel Thomas bereits beim ersten Kontakt. Er brachte Firmenunterlagen ins Büro, die sie an nahm.

Bei seinem zweiten Besuch lud er Marie-Luise zum Firmenjubiläum ein, dass in der folgenden Woche gefeiert wurde. Da auch Ihr Chef und die anderen Kollegen eingeladen waren, sagte sie zu.

Von diesem Tag an waren sie unzertrennlich.

Ihre Hochzeit war das nächste große Fest. Die Feier ließ keine Wünsche offen. Sie trug ein Brautkleid, in dem sie wie eine Prinzessin aussah. Es gab eine Fahrt mit einer Kutsche und einen Ballabend. Thomas und seine Familie nannten sie „Marylou", Marie-Luise war ihnen zu altbacken. Sie hatte nichts dagegen, ihr Name gefiel ihr ohne hin nicht. Sie hätte gern, wie ihre Freundinnen, Julia, Katja oder Anja, geheißen.

Bei ihrem Hochzeitsball spielte eine Band sämtliche bekannten „Marylou"-Titel, so viele kannte Marie-Luise bisher gar nicht.

Am nächsten Tag starteten sie zur Hochzeitsreise nach Florida, eine Reise, an die sie sich gern erinnerte.

Die Urlaubsreisen mit Thomas waren alle interessant und abwechslungsreich.

Es gab keinen großen Knall, der ihre Ehe beendete. Wie in den meisten Beziehungen verlief die Entfremdung schleichend.

Sie bezogen im Haus von Thomas Eltern eine Wohnung.

Seine Mutter kochte weiter für die ganze Familie, die aus Thomas, seinen Eltern, seiner Schwester und seinem jüngeren Bruder bestand. Nun kam eben noch eine Person dazu.

Es gab auch eine Haushaltshilfe, die ganz selbstverständlich, ihre Wohnung mit putzte und die anfallende Wäsche wusch.

Marie-Luise arbeitete weiter im Steuerbüro. Sie hätte auch nicht gewusst, was sie sonst den ganzen Tag anfangen sollte. Ihre Schwiegermutter ließ sie nicht in die Töpfe gucken und im Büro ihrer Schwiegereltern regierten der Schwiegervater und Thomas Schwester. Dort war sie ebenfalls überflüssig.

Thomas und sie beschlossen, dass sie so lange weiter arbeiten sollte, bis sie schwanger wäre.

Aber sie wurde nicht schwanger.

Als nach fünfjähriger Ehe immer noch nicht mit Nachwuchs zu rechnen war, bestand ihr Schwiegervater darauf, dass sie sich untersuchen ließ.

Sie kam seinem Wunsch nach und es wurde festgestellt, dass die Kinderlosigkeit nicht an ihr lag. Thomas verweigerte eine Untersuchung.

Damals hatten sie zum ersten Mal einen heftigen Streit. Aber, wenn sie es sich jetzt so recht überlegte, dann begann damals die Entfremdung zwischen ihnen.

Thomas blieb abends immer öfter lange weg und kam erst nach Mitternacht nach Hause.

Sie versuchte mit ihm zu reden, aber er wich ihr aus.

Kurze Zeit später erzählte ihr eine Kollegin von einem Sportstudio nur für Frauen, dass in ihrer Nähe aufgemacht hätte.

Marie-Luise schaute es sich an und wurde dort ein aktives Mitglied.

Auch die Tanzabende mit ihren Freundinnen nahm sie wieder auf. Es kam immer häufiger vor, dass sie mit Freundinnen etwas unternahm und Thomas mit seinen Kumpels.

Nur die Urlaube, fern von der Familie gehörten ihnen allein. Als sie vor drei Jahren zum letzten Mal gemeinsam in Urlaub fuhren, da gab es auch dort nicht mehr viel an Gemeinsamkeit.

Kurze Zeit später heiratete Thomas Bruder, seine junge Frau war schwanger, damit nahm der Druck, den speziell der Vater auf Thomas ausübte, zwar ab, aber ihre Entfremdung war bereits so groß, dass es ihr nichts mehr ausmachte, als Thomas eines Tages einen Koffer packte und zu seiner neuen Freundin zog.

Die Schwiegereltern glaubten erst noch, Thomas komme zurück, aber als immer mehr Zeit verstrich und Marie-Luise die Wohnung allein bewohnte, gab man ihr zu verstehen, dass es besser wäre, wenn sie auszöge.

Marie-Luises Vater pilgerte zu seinen Lebzeiten gern nach Remagen zur Apollinariskirche, so wunderte es sie nicht, dass sie nach seinem Ableben von ihrem Chef, der auch der Nachlassverwalter ihres Vaters war, erfuhr, dass er dort eine Eigentumswohnung besaß, die nun ihr gehörte.

Die Wohnung war vermietet, das junge Paar, das sie bewohnte, teilte Marie-Luise, kurze Zeit nach Thomas Auszug, mit, dass sie Remagen aus beruflichen Gründen verlassen müssten.

Nun stand die Wohnung leer. Die Wohnung sah sie sich nach Auszug des jungen Paares einmal an, sie war in einem tadellosen Zustand.

Sie hatte sich noch nicht entschließen können sie zu vermieten, obwohl ihr Chef ihr immer wieder dazu riet.

Als Kind besuchte sie einige Male die Apollinariskirche mit ihren Eltern, aber sonst kannte sie Remagen nicht.

Das wollte sie nun nachholen.

Im Internet sah sie, das es eine Führung durch die Altstadt gab, an der wollte sie teilnehmen.

Der Sonntag kam und Marie-Luise stand kurz vor 14 Uhr am Bahnhofsvorplatz, dem Treffpunkt der Teilnehmer. Zwei Männer, die ein Paar waren, wie Marie-Luise später begriff, standen ebenfalls schon dort.

Weitere Teilnehmer und der Leiter der Gruppe trafen ein und los ging es.

Sie erfuhr viel über Remagens römische Vergangenheit, sie lernte das historische Dreieck, zwischen Kirchstrasse, Markt- und Drususplatz, kennen.

Zum Ende der Führung fragten die beiden Männer, die sich als Dirk und Alexander vorstellten, ob Marie-Luise noch etwas mit ihnen trinken wolle.

Da sie nichts anderes vorhatte und ihr die Beiden sympathisch waren, sagte sie zu.

Aus diesem etwas „Trinken" wurde ein langer und vergnüglicher Abend, der für sie im Gästezimmer der Beiden endete.

Dirk und Alexander besaßen am Stadtrand ein altes, geräumiges Haus mit großem Garten.

Marie-Luise fühlte sich sehr wohl in diesem Haus.

Am nächsten Morgen, einem Montag, wartete bereits ein Frühstückstisch auf der Terrasse auf sie. Es fiel ihr sehr schwer, sich von den Beiden zu trennen, die sich als Freiberufler den Montagmorgen gern frei hielten.

Dirk bot ihr an, sie zu ihrer Wohnung zu fahren, denn auf dem zur Wohnung gehörenden Parkplatz stand ihr Auto.

Als sie in ihrem Auto Richtung Bonn unterwegs war, da beschloss sie, so bald als möglich nach Remagen zu ziehen.

Mit Dirk und Alexander sprach sie über ihre Situation. Die Beiden boten ihre Hilfe bei dem anstehenden Umzug an.

Ach, es war doch schön, solche Freunde zu haben.

Eine Woche später wohnte sie bereits in Remagen. Es dauerte zwar noch eine Weile, bis sie sich richtig eingerichtet hatte, aber das machte ihr nichts aus.

Sie fühlte sich wohl, sie war angekommen!

So verging ihr erstes Jahr in Remagen, nach Bonn fuhr sie nur noch zur Arbeit.

Ihre Freundinnen besuchten sie gern, es war ja nicht weit und Marie-Luise hielt immer einen Schlafplatz bereit.

Im vergangenen, ihrem zweiten Jahr in Remagen, ließ sie sich von ihrer Freundin Anja zu einem Mallorca-Urlaub überreden.

Dort lernten sie zwei Männer kennen, die im selben Hotel logierten.

Nach einigen durchfeierten Nächten wechselte jeweils einer von ihnen das Zimmer.

Anja zog zu Harry und Carlo zu Marie-Luise. Es war die letzte Nacht, der beiden Männer auf Mallorca.

Am nächsten Morgen, beim Abschied, flossen bei Anja Tränen und auch Marie-Luise war ein wenig wehmütig zu mute.

Sie tauschten ihre Handynummern und verabredeten ein Wiedersehen in Deutschland.

Anja sah ihren Harry auch wieder, Carlos Handynummer war falsch.

Harry erzählte ihr, dass Carlo zwar geschieden, aber Vater von fünf Kindern sei und eine neue Freundin habe.

Aber diese Geschichte war ja nun auch schon fast ein Jahr vorbei, sie bedauerte nur, dass Anja nach Norddeutschland zu ihrem Harry zog. Es war nicht mehr möglich sich mal eben auf einen Kaffee zu treffen.

Marie-Luise packte ihre Reisetasche ins Auto, jetzt fuhr sie erst einmal zu Dirk und Alexander. Sie feierten heute Alexanders 50. Geburtstag. Dirk war erst im kommenden Jahr soweit. Die Beiden waren wie Väter oder große Brüder für sie.

Sie war ihre kleine „Lu", so nannte Dirk sie vom ersten Tag an. Die, mit einem Meter Vierundsiebzig, gar nicht so kleine, Lu feierte im Herbst ihren 39. Geburtstag, doch bei den Beiden fühlte sie sich tatsächlich wie die Kleine.

Als sie ihr Auto am Haus der Beiden geparkt hatte, hörte sie bereits Musik und viele Stimmen aus dem Garten.

Sie nahm ihre Reise- und eine kleine Umhängetasche mit ihrer Brieftasche und dem Hausschlüssel und begab sich zum Seiteneingang.

Dort konnte sie gleich ins Gästezimmer um ihre Taschen abzustellen. Dirk kam ihr entgegen, begrüßte sie und nahm ihr die Reisetasche ab. Er begleitete sie ins Gästezimmer und erzählte ihr von den Gästen, die bereits anwesend waren.

Die kleine Tasche hing sie auf einen Bügel und ihren Blazer darüber.

Ihr Geschenk, eine seltene Pflanze, hatte Dirk besorgt und im Keller stehen.

Er holte sie und dann gingen sie gemeinsam zur Terrasse um Alexander zu gratulieren.

Die meisten Gäste kannte Lu, wie sie ja hier hieß, bereits.

Zwei Männer und eine Frau, die an der Bar standen waren ihr unbekannt.

Dirk sagte ihr, dass dies neue Kunden seien, die Alexander eingeladen habe, aber ihm gefielen sie nicht.

Die Frau und der erste Mann, der Lu begrüßte gefielen ihr auch nicht, aber der zweite!

Als er sie ansah, da dachte sie an tiefblaue Berg-
seen, nein, jetzt schien die Sonne in sein Gesicht, es
gab goldene Einsprengsel in diesen Augen, Lapislazu-
li! Ja, das war es!

Und diese Stimme! Wie tiefschwarzer Samt! Ele-
gant und weich!

Als er ihre Hand nahm, da fühlte sie wie eine
warme Welle von ihrem Kopf zu ihren Füßen über sie
rollte. Bisher hatte sie nur gehört, dass es dieses Gefühl in der Menopause geben sollte, wenn dem so
war, dann nur her mit den Wechseljahren! An dieses
Gefühl gewöhnte sie sich gern.

Nun sagte diese Samtstimme in der Nähe ihres
Ohres: „Liebe Lu, nenn mich einfach Ralf, den Rest
kannst Du vergessen".

Wie sollte sie den Abend überstehen, mit diesem
Mann an ihrer Seite!?

Sie nahm erst einmal einen großen Schluck
Champagner den Ralf ihr reichte, da wurde aus der
Welle ein Feuer. Dann ein Brand, sie konnte kaum
noch klar denken, sie wusste nur eins, mit diesem
Mann wollte sie so schnell wie möglich allein sein, am
Besten sofort und hier!

Wie viel Zeit vergangen war, hätte sie nicht sagen
können, aber im laufe des Abends tanzten sie mehr-
mals mit einander. Bei ihrem letzten, gemeinsamen
Tanz flüsterte Ralf ihr ins Ohr: „Wir tanzen zur Seite
raus, es wird jetzt nicht auffallen, wenn wir ver-
schwinden".

Genau diesen Satz wollte Lu hören, darauf wartete sie doch schon den ganzen Abend.

Im Gästezimmer angekommen fielen sie über einander her. Das leichte Reißen ihres Seidenkleides nahm sie nicht wahr.

Sie waren wie Verdurstende, die endlich, endlich Wasser fanden!

Anschließend fühlte sie sich wohlig und müde.

Hatte sie sonst ein gutes Zeitgefühl, so fehlte es ihr diesmal vollkommen.

Als sie aus dem Zustand erwachte, hörte sie ein leises Geräusch, das Fenster stand offen und im Mondschein sah sie, wie Ralf sich an ihrer Tasche zu schaffen machte.

Lu war plötzlich hellwach, sie sprang auf, schaltete die Deckenbeleuchtung ein und schrie: „Was suchst Du in meiner Tasche"?

„Was soll ich wohl in Deiner Tasche suchen, Geld brauche ich, was hast Du Schlampe denn gedacht, warum ich mit Dir hier rein bin". Ralfs Stimme hörte sich nun sehr hart an, er ging auf sie zu und fasste sie nach der Hand, um ihr den Arm nach hinten zu drehen. Bevor er noch etwas sagen konnte, standen Dirk und Alexander im Zimmer. Ein weiterer Mann, den Lu vom sehen kannte, fasste Ralfs Arme und drehte sie auf den Rücken.

Dann ging alles sehr schnell. Zwei Polizisten erschienen und verhafteten Ralf, er wurde wegen ähnlicher Delikte gesucht.

Dirk und Alexander tat Lu sehr leid. Ausgerechnet durch einen Kunden von ihnen musste sie so eine Blamage erleben.

Lu stürmte unter die Dusche, aber das Gefühl schmutzig zu sein, wollte noch nicht so schnell weichen.

Alexander bereitete ihr einen Trank, er kannte sich mit Kräutern bestens aus. Nach dem sie die Tasse mit dem Trank geleert hatte, fühlte sie sich schon etwas besser, dann schlief sie ein.

Die Sonne stand hoch am Himmel, als sie wieder aufwachte und durch das offene Fenster nahm sie einen wunderbaren Kaffeeduft wahr.

Sie beeilte sich mit der Morgentoilette um schnell auf die Terrasse zu kommen, denn ein guter Kaffee war dass, was sie jetzt brauchte.

So verging das Wochenende.

Als sie am folgenden Montag zur Arbeit nach Bonn fuhr, stand ihr Entschluss fest.

Sie würde Karate lernen!

Diesen Entschluss konnte Lu schon sehr bald in die Tat umsetzen, da sie bereits einen Karate Lehrer kannte, der in ihrer Nachbarschaft wohnte.

Als sie vor einiger Zeit eine Fahrradtour ins Brohltal unternahm, bemerkte sie plötzlich, dass ihr Vorderrad die Luft verlor.

Schnell stieg sie ab und entnahm ihrer Fahrradtasche ein Reparaturset.

Hinter ihr hielt ein Radfahrer an und sagte: „Hallo Frau Nachbarin, kann ich Ihnen helfen?"

Sie erkannte den Mann, ihre Autos hatten die Stellplätze nebeneinander.

Während er ihr nun half den Reifen zu reparieren, fragte sie ihn, was der Karateaufkleber auf der Rückscheibe seines Autos zu bedeuten habe.

Da erzählte er ihr, dass er Sportlehrer sei und einen Karate-Club in Bad Godesberg betreibe.

Er gab ihr seine Visitenkarte und lud sie ein, sich den Club einmal anzusehen.

Genau dies wollte sie nun tun.

Lu wurde eine sehr gelehrige Schülerin. Der Unterricht machte ihr so viel Spaß, dass sie viel öfter im Club zu sehen war, als es ihr Unterricht erfordert hätte.

Ihr Clubfreund Julian, der wie sie in Remagen wohnte, bat sie einmal während eines Gewitters, ihn mitzunehmen, sonst wäre er die Strecke mit dem Rennrad gefahren.

So erfuhr Lu, dass er in einem Mehrfamilienhaus „Hinterhausen" wohnte und im Bonner Polizeipräsidium arbeitete.

Als sie von der Strasse „Hinterhausen" kommend am Krankenhaus vorbei, wieder auf die B 9, die dort Sinziger Strasse heißt, fuhr überlegte sie, dass sie gleich mal ins „Wässiger Tal" zu Dirk und Alexander fahren könne.

Es war ein Freitagspätnachmittag und da war es nicht so schlimm, wenn der Abend etwas länger ausfiel.

Die Beiden waren aber nicht zu Hause, so dass sie dann doch zu ihrer Wohnung im „Chinatown" fuhr. Beim Abbiegen in die Dr. Peters-Strasse fiel ihr ein BMW mit Bonner Nummer auf, der sehr langsam, wohl suchend, die Strasse entlang fuhr.

Lu parkte ihr Auto und ging zu ihrer Wohnung. Das Gewitter war vorbei und die Luft roch wunderbar frisch. In der Wohnung angekommen öffnete sie erst einmal alle Fenster.

Da sah sie den BMW wieder, diesmal parkte er in der Nähe ihres Autos.

Es klingelte und an der Sprechanlage meldete sich Thomas, ihr Exmann.

Neugierig, was der wohl von ihr wollte, öffnete sie.

Wann hatte sie ihn zu letzt gesehen, waren das jetzt drei oder vier Jahre her. Bei der Scheidung war er nicht anwesend, weil er wegen eines Unfalls im Krankenhaus lag.

Er begrüßte sie sehr herzlich, erkundigte sich nach ihrem Befinden, machte ihr Komplimente, fand sie sei noch viel schöner geworden.

Als er nun auch noch sagte: „Meine schöne, reife Marylou", da reichte es ihr.

„Ich heiße Marie-Luise, Deine Marylou gibt es hier nicht. Sag was Du willst, denn Du bist doch bestimmt nicht hierher gekommen um mich mit Komplimenten zu überschütten".

Dann rückte er langsam mit der Sprache heraus. Seine Freundin hatte ihn verlassen.

Bei seinen Eltern war er ausgezogen, die Wohnung bewohnte jetzt seine Schwester mit ihrem Freund. Sein Bruder habe weiteren Nachwuchs und sein Vater wolle die Firma seinem Bruder überschreiben, darum habe er, Thomas, sich entschlossen ein neues Leben anzufangen.

Er habe „Marie-Luise", wie er sie jetzt nannte, im Büro gesehen und sich gleich wieder in sie verliebt. Jetzt sei er gekommen um bei ihr zu bleiben, sie könne sich darauf verlassen, dass es keine andere Frau mehr in seinem Leben gäbe, es sei sein Fehler gewesen, dass er sie habe gehen lassen.

„Da gibt es nichts mehr rückgängig zu machen, vorbei ist vorbei. Im Gegensatz zu Dir, bin ich nicht in Dich verliebt und möchte an meinem Leben nichts ändern. So, nun ist alles gesagt und es ist besser, wenn Du jetzt gehst".

„Ach, dann lass uns doch wenigstens zum Abschied diese eine Nacht miteinander verbringen", antwortete Thomas.

„Hab ich vielleicht ein Schild umhängen, -Frau-für-eine-Nacht-„, brüllte Lu ihn an.

Dann fügte sie in einem gefährlich leisen Ton hinzu: „Es ist gesünder für Dich wenn Du jetzt gehst, sonst werde ich an Dir meine Karate Kenntnisse ausprobieren und das könnte mit Knochenbrüchen bei Dir enden".

Während sie redete, öffnete sie die Tür und wies ihn hinaus.

Mit hängenden Schultern trotte er zu seinem BMW zurück und fuhr ab.

Na, von diesem Besuch musste sie doch unbedingt Dirk und Alexander erzählen, vielleicht waren sie ja inzwischen wieder zu Hause.

Doch es meldete sich nur der Anrufbeantworter.

Dann schrieb sie Dirk mal eine SMS, der hatte sein Smartphone immer griffbereit liegen, Alexander mochte keine Mobiltelefone, sie wusste nicht einmal ob er überhaupt eins besaß.

Als sie an Alexander dachte, da fiel ihr ein, dass sie beim vorbei fahren am Krankenhaus einen alten Lieferwagen stehen sah, wie Alexander einen fuhr.

Der Gedanke erschreckte sie, hoffentlich war da nichts passiert, sie hatte auch noch keine Antwort auf ihre SMS.

Lu schnappte ihre Tasche und fuhr zum Krankenhaus, es war tatsächlich Alexanders Auto, das dort stand. Rasch lief sie Treppe hoch und zur Ambulanz. Dort saß Alexander und wartete auf Dirk.

Sie arbeiteten Beide im Garten, als Dirk sich mit der Heckenschere am linken Bein verletzte, er musste genäht werden, so erfuhr Lu. Noch während sie sich unterhielten, kam Dirk auf Krücken angehumpelt.

Ein Glück, dass Lu mit ihrem Fiesta vor der Tür stand, in den Lieferwagen hätte er nicht gut einsteigen können.

Im Haus der Beiden angekommen, half sie ihm bis er auf der Terrasse in einem Sessel saß. Alexander begab sich in die Küche und kam mit einem Gemüse-auflauf, den er bereits vor Dirks Unfall zubereitet hatte, wieder. Lu deckte inzwischen den Tisch.

Es wurde dann doch noch ein schöner Abend, eines aufregenden Tages.

Eine Woche später begann Lus Sommerurlaub.

Mit ihrem Exmann war sie ständig ins Ausland gereist, mit ihren Eltern, als Kind nach Süddeutschland und Österreich. Nun hatte sie sich vorgenommen den Norden mal zu erkunden. Ihre Freundin Anja, die schon einige Zeit bei ihrem Freund Harry in einem Vorort von Hamburg lebte, hatte sie eingeladen.

An einem Sonntagmorgen fuhr sie bereits um vier Uhr los. Es machte ihr Freude, so früh zu fahren. In Münster verließ sie die Autobahn, um sich die Stadt anzusehen. Eine weitere Pause legte sie in Bremen ein. So wurde es später Abend, bis sie bei Anja und Harry eintraf.

Die Beiden waren erst seit dem Nachmittag wieder zu Hause, sie kamen von einer Skandinavienreise im Wohnmobil zurück.

Lu war begeistert, eine Reise mit dem Wohnmobil in den Norden, das würde ihr auch gefallen.

Harry meinte, sie könne es ja mal ausprobieren, es gäbe in ihrem Freundeskreis einige Leute mit Wohnmobilen, die auch schon mal jemanden mitnähmen. Es müsse ja nicht gleich wochenlang durch Skandinavien sein, sondern erst einmal ein Wochenende.

Sein Freund Jan wolle mit seinem Wohnmobil, das über zwei getrennte Schlafplätze verfüge, am nächsten Samstag zu einem Campingplatz an der Nordsee fahren, der nicht weit von der dänischen Grenze liege. Wenn sie möchte, könne er Jan mal fragen, ob er sie mitnähme.

Am nächsten Abend lernte sie Jan kennen, es war ein sehr ruhiger und besonnener Mensch,

der gern einmal Gäste mitnahm. Sie könne gern mitkommen, meinte er, wenn es ihr nicht gefalle, dann gäbe es immer eine Möglichkeit wieder zurückzufahren.

Als Anja und Harry sie am Samstagmorgen zu Jans Wohnmobil begleiteten, sahen sie, dass ein Pulk von vier Mobilen zu diesem Campingplatz aufbrach.

Das beruhigte Lu, denn ein wenig mulmig zu mute war ihr doch. Am frühen Abend erreichten sie den Campingplatz. Sie hatten eine ruhige Fahrt, Jan sprach nicht viel, so lange er fuhr. Bei den Pausen, wenn die anderen Wohnmobilfahrer dabei waren, wurde er gesprächiger.

Dass Jan sehr viel älter als Harry war, wusste sie schon, aber dass sie die Einzige in diesem Pulk war, die das Rentenalter noch nicht erreicht hatte, war ihr bis zur ersten Pause nicht bewusst.

Jan meinte, sie solle sich doch auf dem Platz mal umsehen, da gäbe es jetzt in den Ferien auch immer eine Menge junger Leute, sie müsse nicht immer bei ihnen bleiben.

Den Abend verbrachte Lu aber in ihrer Rentnergruppe mit grillen und zuhören. Es waren alles weitgereiste Leute, die sehr interessante Geschichten erzählten.

Es war weit nach Mitternacht, als Lu auf ihren Schlafplatz über der Fahrerkabine kroch.

Jan schlief auf der Eckbank, die er als Bett ausziehen konnte, neben dem Küchenbereich.

Als sie am nächsten Morgen aufwachte, da hatte Jan bereits den Frühstückstisch gedeckt.

Er erzählte ihr, dass er schon mit zwei Freunden in der Nordsee schwimmen war.

Auf dem Wohnmobil waren zwei Fahrräder montiert. Die nahm Jan nach dem Frühstück ab, um mit Lu über den Platz und die nähere Umgebung zu fahren.

In einer Ecke des Platzes standen Wohnmobile mit Bonner und Kölner Kennzeichen, Jan zeigte ihr eins, das sogar ein AW- Kennzeichen hatte. Er sprach die beiden Männer an, die vor dem Wohnmobil frühstückten. Lu kam näher und staunte nicht schlecht, einen Mann kannte sie, es war Julian, ihr Clubfreund den sie mal nach Hause gefahren hatte.

Auch Julian freute sich Lu zu sehen. Im Club sahen sie sich bedingt durch Julians unregelmäßige Arbeitszeit nicht sehr häufig.

Das Wohnmobil gehörte Edgar, Julians Freund. Die Beiden kamen von Skandinavien.

Weil es ihnen dort zu kalt und regnerisch wurde, fuhren sie früher zurück und wollten nun die schönen Tage ihrer letzten Urlaubswoche auf diesem Platz genießen.

Sie luden Lu ein, mit ihnen in der Nordsee zu schwimmen. Anschließend fuhren sie mit den Rädern zum Dorf, dort gab es ein Fischrestaurant in das sie einkehrten.

Auch den Abend verbrachten sie gemeinsam. Um Mitternacht begleitete Julian sie zu Jans Wohnmobil. Jan öffnete die Tür und unterhielt sich draußen noch eine Weile mit Julian, bis Lu laut „Gute Nacht" rief und in ihrem Bett über der Fahrerkabine verschwand.

So ging es die ganze Woche, es schien Jan nichts auszumachen, wenn er abends auf Lu wartete. Als sie ihn fragte, sagte er, er wolle wissen, dass der junge Mann sie auch heil heim bringe, er fühle sich für sie verantwortlich.

Nach dem Frühstück am Samstagmorgen verabschiedete Lu sich von Julian und Edgar. Sie bedankte sich für die schönen Tage, die sie mit ihnen erlebt hatte.

Julian nahm sie in den Arm, drückte sie kurz an sich und sagte, er freue sich auf ein „Wiedersehen zu Hause", sie solle sich melden wenn sie wieder zurück sei, denn Lus Urlaub endete erst in einer Woche.

Der Sonntag war auch der Rückreisetag für Jan, Lu und ein weiteres Paar. Die anderen Wohnmobil Fahrer reisten weiter.

Jan redete auch auf der Rückfahrt nicht viel, so hatte Lu viel Zeit über die vergangenen Tage nachzudenken. Sie war selbst überrascht, wie sehr sie Julian vermisste.

Am Abend trafen sie wieder bei Anja und Harry ein. Die Nacht wollte sie bei den Beiden noch verbringen und dann nach Hause fahren.

Anja hatte Verständnis für Lus Wunsch bald wieder zu Hause zu sein, sie musste ja auch wieder arbeiten, da wäre Lu den ganzen Tag allein.

Am frühen Montagmorgen verabschiedeten sie Lu und winkten ihr nach, bis sie nicht mehr zu sehen war. Dann hörten sie es krachen. Harry lief die Straße hinunter, an der Kreuzung sah er was passiert war.

Lu war bereits im Kreisel, als ihr jemand mit einem Transporter in die Seite fuhr. Der Fiesta war kaum noch zu erkennen, ein Totalschaden. Lu stand neben ihrem Auto, schien aber einen Schock zu haben. Polizei und ein Krankenwagen kamen, Lu wurde von einem Arzt betreut, es ging bald besser. Inzwischen traf auch Anja bei ihnen ein. Sie nahm Lu und ihr Gepäck wieder mit nach Hause, während Harry sich um das Auto kümmerte.

Lu war dankbar für diese Freunde. Nun verbrachte sie eine weitere Nacht im Haus der Beiden.

Am Abend schrieb sie eine lange und ausführliche Email an Dirk und Alexander, sie berichtete ihnen von Julian, ihrem Unfall und das sie am nächsten Tag mit dem Zug zurück fahren würde.

Dirk schrieb sehr schnell zurück und ließ sich mitteilen, wann Lus Zug in Bonn ankommen sollte.

War das eine Freude, als ihr Zug in den Bonner Hauptbahnhof einfuhr und sie Dirk und Alexander auf dem Bahnsteig stehen sah.

Sie war wieder zu Hause angekommen!

Alles Weitere würde sich zeigen!

Sylvester-Party

Mitte September erhielt Nadja die Mitteilung, dass ihre Firma zum Jahresende das Personal entlassen und schließen würde.

Es traf sie wie ein Keulenschlag!

Ende April war sie für zehn Jahre Betriebszugehörigkeit als Buchhalterin, geehrt worden. Damals dachte sie, sie könne in dieser Firma alt werden, weil sie endlich den richtigen Beruf und Arbeitsplatz gefunden hatte.

Nach einer Schneiderlehre, die ihr nicht viel Freude bereitete, weil sie diese bei ihrer Oma, einer sehr strengen, alten Dame machte, war dies der ideale Beruf für Nadja.

Sie war sehr unglücklich, auch wenn man ihr bei der Agentur für Arbeit versicherte, gute Buchhalterinnen wären schnell zu vermitteln.

Ihre Freundin Nadine lud sie im Oktober zu einem Flohmarkt Bummel in die Bonner Rheinaue ein. Nadja hatte keine rechte Lust, wollte Nadine aber nicht kränken, darum ging sie mit.

An einem Stand entdeckte sie einen alten Koffer. Sie öffnete ihn und sah, dass alte Zeitschriften darin lagen. Auf einem Zeitungsfoto war ein Abendkleid zu sehen, das Nadja auf den ersten Blick gefiel.

Im letzten Jahr hatte sie sich von Nadine zu einer Sylvester Swingparty in einem Bonner Hotel zu überreden lassen. Es gefiel ihnen so gut, dass sie gleich Karten für dieses Jahr bestellt hatten.

Wenn sie sich nun dieses tolle Kleid auf dem Zeitungsfoto selbst nähte, würde der Abend für sie erschwinglich, so überlegte Nadja.

Den Koffer mit den alten Zeitungen konnte sie für sehr wenig Geld erwerben.

Zu Hause angekommen, räumte sie den Koffer leer. Ihr Esstisch war nun mit wunderschönen Abendkleider Schnittmustern, der dreißiger, vierziger und fünfziger Jahre bedeckt.

Nur obendrauf lagen einige Zeitungen.

Nadja wollte ja nie wieder nähen, aber bei diesen Kleidern musste sie eine Ausnahme machen. Sie besaß noch einige alte Stoffe von ihrer Oma, die sie nie verarbeitete, weil sie ihr als junges Mädchen nicht gefielen.

Ein hellblauer Taft war für das Modell, welches ihr am Besten gefiel, genau richtig.

Noch am Samstagabend schnitt sie den Stoff zu und am Montagabend hing das Kleid fix und fertig auf einem Bügel an ihrem Schrank.

Nadine, die das Kleid unbedingt sehen wollte, besuchte sie und war begeistert.

Bei den alten Stoffen gab es auch noch einen dunkelblauen Taft, der zu den blonden Haaren der Nadine wunderbar passte. Ein Schnitt für Nadine war schnell gefunden, sie war größer und schlanker als Nadja, darum bevorzugte sie einen angesetzten, bauschigen Rock.

Nadja versprach Nadine, dass sie das Kleid am nächsten Wochenende nähen wolle.

Aber so lange dauerte es nicht. Nadja bereitete das Nähen dieser Kleider so viel Freude, dass sie jeden Abend an den Kleidern arbeitete.

Nadine, die sie besuchte, kannte Nadja kaum wieder.

Das Kleid für Nadine war ein Traum und mit jedem Modell, das Nadja nähte hatte sie mehr Freude an der Arbeit.

Als sie Anfang Dezember mit ihrem restlichen Urlaub aus der Firma ausschied, war sie gar nicht mehr traurig. Sie hatte so viele wunderschöne Stoffe, Bänder und Litzen im Nachlass ihrer Oma entdeckt, da war sie noch lange beschäftigt. Auch Schnitte gab es noch von ihrer Oma.

Als ihre Oma starb, räumte ihre Mutter, die im angrenzenden Neubau lebte,

das kleine Haus und alles was mit nähen zu tun hatte, packte sie auf den Speicher.

Das Häuschen wurde renoviert und von Nadja bezogen. Der Speicher interessierte sie nicht.

Für ihre Mutter und deren Schwester nähte Nadja zu Weihnachten ebenfalls Abendkleider.

Im Freundinnenkreis der beiden Schwestern waren die Damen so begeistert, dass Nadja Sylvester bereits einige Aufträge besaß, die sie im neuen Jahr ausführen wollte.

Nun aber war Sylvester, der Tag, auf den Nadine und sie sich schon so lange freuten.

Nadjas Tante besaß einen Friseursalon, dort frisierte sie die beiden passend zum Stil ihrer Kleider.

Eine Angestellte der Tante und zwei Kundinnen wollten die Kleider unbedingt sehen.

Nadja holte die fertigen Modelle, die bereits für den Verkauf vorgesehen waren.

Die Kleider passten und Nadja hatte drei neue Kundinnen, die am Abend ihre neuen Kleider ausführten.

Nadja war glücklich! Sie und Nadine kamen so beschwingt in dem Hotel an, dass der Abend nur ein Erfolg werden konnte.

So war es auch.

Die Band spielte hervorragend, das Buffet war gut und es gab ausreichend Tänzer.

Immer wieder wurden die Beiden fotografiert und gefragt, wo sie denn die tollen Kleider und die schönen Frisuren her hätten.

Nadine verteilte eifrig Visitenkarten, die sie für Nadja als Weihnachtsgeschenk gemacht hatte.

Kurz vor Mitternacht holten Nadja und Nadine ihre Capes, die ebenfalls zu den Kleidern passend von Nadja gearbeitet wurden und betraten mit den anderen Gästen die Terrasse.

Es war ein wundervolles Feuerwerk!

Nadine bemerkte außer dem Feuerwerk auch die bewundernden Blicke, der übrigen Gäste.

Als das Feuerwerk zu Ende war, wurden sie in den Saal gebeten, dort spielte die Kapelle einen Tusch.

Dann verkündete der Veranstalter, die Jury habe sich nicht entscheiden können, welche der Damen den Titel „Miss Glamour" erhalten sollte, darum würde es zwei geben.

Als Nadine und Nadja auf die Bühne gebeten wurden, da konnten sie kaum glauben, dass für sie ein neuer Titel geschaffen wurde. Sie waren die „Glamour-Twins"!

Nadja durfte nun berichten, dass sie die Kleidung genäht hatte und sich überlege, dies auch beruflich zu tun. Sie erhielt so viel Zuspruch, das sie mit viel Zuversicht in das neue Jahr starten konnte.

So verging ein Jahr.

Nadja hatte so viel zu tun, dass ihre Mutter und Nadine helfen mussten.

Nun war wieder einmal Sylvester und Nadine und Nadja betraten das Hotel, in dem sie im vergangenen Jahr so eine tolle Feier erlebten.

Nadja beschäftigte seit einiger Zeit eine Schneiderin, weil sie die Arbeit allein nicht mehr schaffen konnte. Nadine kümmerte sich darum, dass genügend Aufträge vorhanden waren und rechtzeitig ausgeliefert wurde.

Sie betraten den Ballsaal, ein Tusch wurde gespielt und die Gäste standen Spalier und applaudierten. Der Moderator rief: „Wir erheben die Gläser auf unsere „Glamour-Twins", die diese schönen Ballroben, die wir hier bewundern können gearbeitet haben".

Da wusste Nadja, sie hatte erst jetzt ihre Berufung gefunden!

Der Maskenball

„So eine Schnapsidee", schimpfte Bernd vor sich hin, als er sich im Bad rasierte.

Es war tatsächlich eine „Schnapsidee", Bernd, seine Kumpels Thorsten, Björn und Jan feierten miteinander Sylvester. Sie waren alle vier mal wieder solo, das heißt, Jan war immer solo, er machte seit seiner Scheidung von Silke vor fast 5 Jahren, einen Bogen um jede Frau, die ihm zu nahe kam. Nun würden sie im neuen Jahr 40 Jahre alt, da sollte „Mann" sich doch mal überlegen ob er eine Familie gründen, oder weiter mit gelegentlichen Freundinnen leben wollte.

Sie überlegten, warum sie denn einfach nicht die richtigen Frauen für eine Familiengründung kennen gelernt hatten, kamen aber zu keinem Ergebnis.

Thorsten, in dessen Wohnung sie zusammen saßen, er war der beste Koch von ihnen, kredenzte nach dem Abendessen einen Obstler, den er von einer Bergwanderung in Österreich mitgebrachte, sagte: "So geht das jedenfalls nicht weiter mit uns.

Was haltet ihr denn davon wenn wir mal zu einem Maskenball gehen?"

„Wie kommst Du gerade auf Maskenball" fragte Björn, der nicht viel für Karneval übrig hatte?

"Weil wir hier zwei Tanzmuffel haben die Du nie in einem

eleganten Anzug sehen wirst", war Torstens Antwort.

Björn meinte, das stimme, seine Schwester Anita gehe auch immer mit ihren Freundinnen dort hin, das würde sie nicht zu einem eleganten Ball. Thorsten ließ die Flasche kreisen und stimmte ab.

Sie waren alle vier einverstanden, Karneval war ja noch weit!

Selbst Jan war einverstanden, er würde sich als Clown maskieren, das Gesicht schön bunt malen, da gäbe es um Mitternacht auch keine Demaskierung.

Es gab noch eine Menge flapsiger Bemerkungen wer am Besten als was ginge, so wurde es Mitternacht. Sie hoben die Sektgläser in bester Laune legten die rechten Hände übereinander, wie sie es als Schuljungs schon getan hatten, und schworen, dass sie in diesem neuen Jahr die zu ihnen passenden Partnerinnen finden würden.

Thorsten und Björn wohnten in Bonn in einem Mehrfamilienhaus. Bernd lebte in Köln und Jan in einem Frankfurter Vorort. Dank Internet waren die Entfernungen kein Problem.

So beschlossen sie, erst an einem Maskenball in Bonn teilzunehmen und dann in Köln.

Björn würde seine Schwester Anita kontaktieren, die wüsste sicher, wo sie da am besten hingehen konnten und Thorsten wollte sich in Bonn umhören.

Es stellte sich heraus, dass es gar nicht so einfach war einen klassischen Maskenball zu finden.

Björns Schwester Anita war die Rettung. Sie lebte in einem Kölner Vorort und war dort im Vorstand eines kleinen Karnevalsvereins, der einmal in der Session einen Maskenball veranstaltete. Es gab ein Motto und wer das Motto am besten traf, bekam gleich zu Beginn eine Flasche Sekt spendiert. Das Motto in diesem Jahr hieß "Futura".

Bernd war gespannt, was seine Kumpels für Kostüme anhatten, bei dem wie er fand, blöden Motto. Überhaupt, die könnten mal bald kommen, sie würden ja bei ihm übernachten und wenn sie sich noch umziehen müssten, dann wurde die Zeit schon knapp.

Genau in diesem Moment klingelte es und alle Drei stürmten, bereits verkleidet, die Treppe hoch.

Sie trugen weiße Baumarkt-Overalls! „Sehr einfallsreich" bemerkte Bernd. Er hatte sich extra einen silbernen Anzug und eine silberne Maske gekauft und sein Haar silbern gefärbt.

Die Drei waren bester Laune, Jan war bereits morgens in Bonn bei Björn angekommen und hatte dort sein Auto abgestellt. Dann packten sie eine Reisetasche für alle Drei und reisten mit der Bahn zu Bernd. Sie fanden dann doch noch Zeit eine Flasche Sekt zu trinken, die sie mitbrachten, bevor sie sich auf den Weg machten.

In der Halle angekommen, sahen sie sich um und hatten eher den Eindruck das Motto hieße:

„Phantasia". Der Phantasie waren keine Grenzen gesetzt. Sie sahen Elfen und Elben, Einhörner auf zwei Beinen und jede Menge Blumenkinder, die sie eher an die 70iger Jahre, ihre Kindheit erinnerten.

Kaum waren sie an ihrem Tisch angekommen, begann die offizielle Begrüßung.

Eine Kapelle spielte einen Tusch und der erste Titel war das „Bickendorfer Büdchen" von den Bläck Föös.

Vor Bernd tauchte eine Frau mit einer tollen Figur in einem silbernen Overall auf. Sie zog ihn ohne ein Wort zu sagen einfach auf die Tanzfläche. Er war so verblüfft über so viel Unverfrorenheit, dass er ihr folgte. Bernd war einer der beiden Tanzmuffel, die Thorsten Sylvester gemeint hatte, aber mit dieser Frau konnte er hervorragend tanzen, wie er fand.

Er trat ihr nicht auf die Füße!

Jan war der einzige, wirklich gute, Tänzer von ihnen und ausgerechnet der, hatte die ganzen Jahre einen Bogen um Frauen gemacht.

Die Frauen in diesem Saal hatten schnell raus, dass an ihrem Tisch ein guter Tänzer war, Jan war ständig umlagert, wovon die Drei anderen profitierten. Bernd hatte es die Frau im silbernen Overall angetan. In einer Tanzpause führte er sie in die Bar, aber sie sprach nicht, nickte nur oder schüttelte den Kopf.

Thorsten tanzte gern, wenn auch nicht eben begnadet, er sah dass als Sport, Hauptsache in Bewegung! So ging das bis Mitternacht, sie tranken nicht viel, bekamen kaum Zeit dazu.

Ein paar Minuten vor Mitternacht hielt Bernd Ausschau nach der Overallfrau, sie war verschwunden.

Plötzlich tauchte sie auf der kleinen Bühne auf rief: „Drei, zwei, eins und die Masken runter", sie selbst nahm ihre Maske auch ab – und es war Anita!

Er war verblüfft, das konnte doch nicht die kleine etwas pummelige Anita sein, Björns kleine Schwester, wie lange hatte er die nicht mehr gesehen?

Nun wurde er auf die Bühne gerufen, er gewann ein Essen für zwei Personen in einem Restaurant in der Nähe. Als Anita ihn fragte ob er denn schon wisse, wen er mitnehmen wolle, da sagte er ohne zu überlegen: „Dich"!

Anita fiel ihm um den Hals und gab ihm einen Kuss!

Sie tanzten und feierten bis weit nach Mitternacht und verabredeten sich für die Schull- und Veedelszüch, die sonntags stattfanden.

Am späten Vormittag trafen sich alle bei Claudia und ihrem Mann zum Frühstück.

Claudia war die einzige von Anitas Freundinnen, die verheiratet war. Bei dem Frühstück stimmten sie sich auf den Straßenkarneval ein an dem sie ja noch teilnehmen wollten.

Björn reichte es, er fuhr zurück nach Bonn in seine Wohnung.

Bernd, Thorsten und Jan blieben bis Veilchendienstag in Köln.

Am Aschermittwoch war alles vorbei.

Bernd erkundigte sich bei Anita, ob sie am Wochenende seinen Gewinn einlösen möchte,

sie sagte ihm zu und da das Lokal in der Nähe ihrer Wohnung war, wollte sie sich gleich dort mit Bernd treffen.

Anita war pünktlich, Bernd hatte das Lokal gerade betreten, als sie erschien. Sie sah toll aus in ihrem roten Satinstretchkleid mit passenden roten High Heels, die sie noch größer erscheinen ließen, als sie ohnehin schon war. Ihr blondes Haar trug sie hochgesteckt und wenn sie den Kopf drehte, konnte Bernd ihre schöne Nackenlinie sehen.

Das Lokal war chic, Essen und der Wein so gut wie ihre Stimmung. Als Bernd sich noch einen Espresso bestellen wollte, sagte Anita: „Den trinken wir jetzt bei mir!"

Bernd wunderte sich nicht, er hatte Anita in den letzten Tagen einige Male sehr direkt und zupackend erlebt, aber gerade das gefiel ihm so sehr an ihr! Er mochte Frauen die wussten und sagten was sie wollten!

Anita besaß eine kleine 2-Zimmer Wohnung, aber mit einem großen Esstisch, der fiel Bernd als erstes auf. Sie erklärte ihm, dass sie sich in ihrer Clique oft gegenseitig bekochten und da brauche sie ja auch einen schönen großen Platz zum Essen. Es war eine sehr behagliche Wohnung. Als Anita sich leicht vorbeugte um die Espressotassen auf dem Tisch abzustellen, hielt es Bernd nicht mehr, er musste unbedingt mit dem Zeigefinger ihre Nackenlinie nachzeichnen, Anita lachte, öffnete ihr Haar, dass viel länger war, als er dachte und wie ein Seidenumhang über ihre Schultern fiel.

Bernd griff in ihr Haar, das sich kühl und glatt wie Satin anfasste. Dieses Gefühl machte ihm Lust auf mehr, er öffnete ihr Kleid und der Duft ihrer Haut ließ ihn fast den Verstand verlieren. Die Nacht hielt, was der Abend versprach!

Als Bernd am Morgen erwachte, lag Anita noch schlafend neben ihm, er schaute sie zärtlich an und sah, sie war auch eine Morgenschönheit!

Anita öffnete die Augen, schaute Bernd an und sagte: „ Dieses Aufwachen wünsche ich mir jeden Morgen."

Tanzen

Jan tat der Ausflug in den Kölner Karneval gut.

So gut hatte er sich seit der Trennung von seiner Frau Silke vor fünf Jahren nicht mehr gefühlt.

Das hatte auch mit Laura zu tun, die kleine, zierliche Freundin von Anita, der Schwester von seinem Kumpel Björn. Sie war eine sehr gute Tänzerin, man merkte ihr an, dass sie lange klassisches Ballett getanzte. Jetzt war sie die Trainerin der Tanzgruppe, zu der auch Anita und Claudia gehörten. Am Veilchendienstagmorgen trafen sie sich alle noch einmal zum gemeinsamen Frühstück und beschlossen, einen Samstagabend im Monat zusammen zu tanzen.

Der Wirt eines Lokals in Anitas Nähe hatte einen kleinen Saal, in dem schon mal Familienfeste gefeiert wurden, der wäre für ihr Vorhaben gut geeignet, berichtete Anita.

Claudias Mann war bei den Auftritten der Tanzgruppe für die Musik zuständig, er tanzte nicht gern, versprach aber sich um die Musik zu kümmern. Da sie mit dem Wirt vereinbart hatten, dass jeder, der wollte mit tanzen könne, brauchten sie keine Saalmiete zu zahlen.

Claudias Mann fotografierte auf dem Maskenball.

Er ließ sich von den vier Freunden die E-Mail Adressen geben, um ihnen die Fotos, wenn sie nachbearbeitet waren, zu senden.

Auch Laura hatte es genossen mal wieder mit einem Mann zu tanzen, der gut tanzen konnte.

Sie freute sich schon auf die Fotos. Claudia hatte sie gefragt, ob ihr Jan denn nur als Tänzer gefiele, da zuckte sie nur mit den Schultern, sie wusste es nicht.

Er war nett, kein Aufreißertyp und auch kein „Papa", der glaubte er müsse sie wie ein Kind behandeln, weil sie mit ihren einhundertfünfundfünfzig Zentimetern die kleinste der Gruppe war.

Als Trainerin konnte sie sich durchsetzen, bei Männern war sie sehr zurückhaltend.

Claudia und Anita beschlossen, den Beiden mal ein bisschen zu helfen, die merkten gar nicht, wie gut zu einander passten.

Claudia konnte hervorragend nähen, sie entwarf und nähte auch die Kostüme der Truppe, das war eine echte Herausforderung, denn Claudia selbst war eine ein Meter achtzig Frau mit großer Oberweite, das Gegenteil von Laura.

Sie schlug Laura vor, ihr für den kommenden Ballabend ein schönes Kleid zu nähen, sie sagte, sie habe einen wunderbaren grünen Taft, der für Laura mit ihrem rötlichen Haar und ihrer hellen Haut ideal wäre. Laura hatte noch nie ein Taftkleid besessen, als sie das Kleid anprobierte, kam sie sich fremd vor, aber das Rascheln des Tafts faszinierte sie.

Claudia stattete das Kleid mit einer gutsitzenden Korsage aus, so das Laura in diesem Kleid nicht kindlich wirkte.

Der Ballabend kam, Jan war bereits mittags bei Bernd eingetroffen, er hatte sich ebenfalls neu eingekleidet. Die Damen wollten nicht abgeholt werden, sie zogen sich alle bei Claudia um und schminkten sich gegenseitig, wie sie das vor Auftritten auch taten.

Claudias Mann, Alex, war bereits im Saal, er installierte seine Stereoanlage, als die vier Freunde dort eintrafen. Er teilte ihnen mit, dass außer den drei Damen noch Lisa, eine weitere Freundin mitkäme, die kannten sie noch nicht, weil sie Karneval mit einer Grippe im Bett lag. Auf Thorstens Frage, wie die denn so wäre, antwortete Alex, sie sei so groß wie Anita, habe kurzes Haar mit Blondsträhnchen und ließe sich gern bekochen, weil sie es nicht könne. Das war eine Aussage, die Thorsten gern hörte, eine Frau mit einem leckeren Essen verführen, das war seine Spezialität!

Da fehlte ja nur noch die passende Frau für Björn.

Als Jan Laura sah, war er verblüfft, sie sah ja so toll aus in ihrem Kleid und das Rascheln des Taftes fand er sehr erotisch!

Jan wusste nicht was er sagen sollte, aber das brauchte er auch nicht, Laura und er verständigten sich über das Tanzen und das taten sie den ganzen Abend.

Sie brauchten nicht viele Worte um sich zu verstehen, bei den Beiden sprachen die Körper eine eindeutige Sprache, das war selbst für die anderen Paare zu sehen.

Mit Lisa und Thorsten war das nicht so harmonisch, Lisa war der Typ „Zicke", aber gerade das reizte Thorsten. Sie diskutierten miteinander, tanzten auch ab und zu, bis Lisa Thorsten einfach auf der Tanzfläche stehen ließ und hinter ihren Freundinnen zur Toilette rannte.

Dort schimpfte sie erst einmal über diesen ungehobelten Klotz, so lange der mit käme, würde sie nicht mehr erscheinen. Sie habe die Nase voll und würde nach Hause gehen.

Claudia, die dies hörte und Lisa gut kannte, sagte nur: „Soll ich Dir Deinen Mantel holen, willst Du durch den Notausgang raus?"

Das war zuviel für Lisa, sie schrie: „ Ich gehe doch nicht wegen diesem Klotz zum Notausgang raus!"

Claudia ließ sie stehen und ging in den Saal zurück. Sie kannte das schon, so ein Theater machte Lisa immer wenn ein Mann sie interessierte.

Thorsten stand an der Theke und fragte Claudia, ob Lisa sich wieder beruhigt hätte, die winkte nur ab, da bat Thorsten Claudia um den nächsten Tanz.

Es waren mittlerweile auch noch einige andere Paare im Saal, aber die Frauen waren in der Überzahl, so hatte Thorsten kein Problem Tanzpartnerinnen zu finden. Es war ihm auch nicht entgangen, dass Lisa ihn beobachtete. Er tat einfach so, als würde er sie nicht sehen, was Lisa nun gar nicht passte. Als der Tanz zu Ende war, stand sie plötzlich neben Alex und flüsterte diesem etwas zu, da rief der „Damenwahl" und schon forderte Lisa Thorsten auf.

Sie tanzten eine Runde schweigsam, dann wollte Lisa etwas sagen, als Thorsten sie anfuhr:

"Was möchtest Du, tanzen oder streiten, dann gehen wir raus!"

Das war dann doch zu viel für Lisa, sie packte ihre Sachen und verschwand.

Björn hatte das Tanzen bereits aufgegeben, er stand mit einigen Stammgästen an der Theke und debattierte. Als Anita, seine Schwester, ihn fragte, ob er nicht mal wieder mit den Damen tanzen wolle, antwortete er, er wolle nicht verkuppelt werden von ihr.

Vor zwei Wochen war in der Wohnung neben seiner Wohnung eine junge Frau eingezogen, der er behilflich war. Zum Dank hatte sie ihn zum Essen eingeladen.

Seit heute Abend wusste er, die Frau wollte er näher kennenlernen und keine von den Anwesenden. Er würde bald nach Hause fahren.

Björn fragte Thorsten, ob er mit käme, aber der wollte nicht. Die „Zicke" Lisa reizte ihn zu sehr.

Claudia hatte ihm gesagt, warte mal ab, die kommt wieder, das macht sie öfter, aber für diese Frau brauchst Du gute Nerven!

Thorsten besaß gute Nerven!

Es dauerte tatsächlich nicht mehr lange, da stand Lisa in der Tür, ging auf Thorsten zu und fragte ganz lieb, als wenn nichts gewesen wäre: „Tanzt Du bitte mit mir?"

Thorsten lächelte, als er BITTE hörte, und tanzte mit ihr. Sie war wie ausgewechselt!

Als Thorsten ihr vorschlug ihn in Bonn zu besuchen, er würde dann etwas ganz besonders Leckeres für sie kochen, da sagte sie ohne zögern zu.

Die Zeit verging, die Tanzabende auch.

Es war wieder Sylvester und sie feierten alle zusammen in Köln, bei Anita und Bernd,

denn die Beiden waren mittlerweile verheiratet, auch Laura und Jan waren noch zusammen, ebenfalls Björn und seine Nachbarin Steffi, nur Thorsten und Lisa waren mal wieder auseinander, aber ob es nun endgültig wäre, das konnte Thorsten noch nicht sagen.

..op „Bläcke Föös" no Kölle jon

Als der Zug aus Dortmund in den Kölner Hauptbahnhof einfuhr, stand Franz bereits mit seinem Koffer im Gang. Er hatte seinen Neffen Thorsten noch
nicht auf dem Bahnsteig erspäht. Kaum hatte er den
Zug verlassen, sah er Thorsten mit Nina seiner Frau
an der Rolltreppe stehen. Heute würde er zum ersten
Mal die neue Wohnung in einem der Kranhäuser
sehen.

Er war müde, schlief in der Nacht nicht gut, musste aber bereits sehr früh am Bahnhof in Neheim-
Hüsten sein, um bis Dortmund zu fahren und dort in
den Zug nach Köln zu steigen.

Aber heute war ja erst Dienstag und bis Donners-
tag, Weiberfastnacht, war noch Zeit sich zu erholen.

Nachdem er Nina und Thorsten begrüßt hatte,
war ihm die Fahrt ins Kranhaus sehr kurz vorgekom-
men. Es gab ja auch so viel zu erzählen. In der Wohnung angekommen, bewunderte er zunächst die tolle
Aussicht, bevor er das Gästezimmer bezog.

Nach dem Abendessen saßen sie noch eine Weile
zusammen. Nun lag Franz im Bett und dachte über
seine Reise nach.

Vor vierzig Jahren war er als junger Beamter zu
einem Seminar in Köln und das ausgerechnet über
Karneval. Ein junger Sauerländer kannte damals
Schützenfeste, die man ausgiebig feierte, aber Karneval spielte in seinem kleinen Heimatort, der nicht
weit von Neheim-Hüsten lag, keine Rolle.

Er war damals bereits einige Jahre mit Christa, einem Mädchen aus einem Nachbardorf verheiratet. Sie hatten ein Haus in Christas Heimatdorf gebaut und auf Nachwuchs gewartet, der sich leider nicht einstellen wollte. Thorsten, der zweite Sohn von Christas Bruder und seiner Frau, war mit zunehmendem Alter immer mehr bei ihnen, er hatte kein Interesse an der elterlichen Landwirtschaft und war froh, dass er als zweit geborener Sohn dies auch nicht musste.

Christa, Franz und Thorsten nützten im Winter jede Gelegenheit zum Skilaufen.

In dem Jahr, als Franz nach Köln zum Seminar beordert wurde, hatten Christa und Franz zum ersten Mal Skiferien in den Alpen gebucht. Franz wollte nicht, dass Christa die Reise stornierte, sie hatte sich doch so sehr darauf gefreut und lange dafür gespart. So kam es, dass Christas Freundin Gabi mitfuhr und Franz das Karnevalswochenende in Köln verbrachte.

In seiner Seminargruppe gab es zwei junge Männer in seinem Alter mit denen er sich besonders gut verstand. Der eine war aus der Nähe von Paderborn und auch zum ersten Mal in Köln, der zweite stammte wie Franz aus einer kleinen Stadt im Sauerland, kannte Köln aber gut, weil er seine Ferien dort oft bei Tante und Onkel, die inzwischen verstorben waren, verbrachte. Als er achtzehn Jahre alt war, es war das letzte Lebensjahr seines Onkels, nahm ihn dieser zu einer Herrensitzung mit. Es hatte ihm nicht gefallen!

Er konnte die kölsche Sprache gut verstehen, aber die Witze und die ewigen Schunkellieder oder Märsche waren nicht sein Fall.

Mittlerweile hatte er aber von den Bläck Föös gehört, eine Gruppe junger Musiker, deren Musik in einigen Lokalen rund um die Uhr gespielt wurde und die jungen Leute sangen alle Titel mit.

Weiberfastnacht hatten sie ab Mittags frei und beschlossen einen Bummel durch die Lokale der Innenstadt zu machen um dort die Bläck Föös zu hören und vielleicht auch mal zu sehen.

Sie begannen ihre Runde am Neumarkt und landeten nach einigen Stunden an einem Lokal am Alter Markt, das ihnen ein Gast in einem der Lokale, die sie schon besucht hatten,

empfahl. Die Tür des Lokals öffnete sich und eine Gruppe junger, kostümierter Frauen trat heraus. Eine von ihnen, als Römerin verkleidet, sah Franz an, lächelte und ging weiter.

Franz stand wie angewurzelt, es war ihm als hätte ihn ein Blitz getroffen! Er drehte sich nach den jungen Frauen um, aber da waren sie schon im Getümmel verschwunden. Seine Gefährten waren bereits im Lokal, dass aber so voll und verräuchert war, das Franz die Beiden nicht entdecken konnte. Er hatte auch keine Lust mehr, dort rein zu gehen. Er lief über den Alter Markt und die angrenzenden Gassen, plötzlich sah er die Römerin, er lief auf sie zu, da drehte die Frau sich um und Franz sah enttäuscht, dass es eine andere war.

So ging er zum Neumarkt zurück, wollte von dort mit der Straßenbahn zum Wohnheim zurück fahren. Die Bahn kam und er stieg ein, da hörte er plötzlich einige Frauen singen.

Sie sangen: "Ich möösch ze Foos no Kölle jon", die Straßenbahn fuhr los, da traf ihn ein Blick, eine der singenden Frauen an der Haltestelle war „seine" Römerin!

Es wäre ihm bei dem Gedrängel in der Bahn nicht möglich gewesen noch auszusteigen.

In der warmen Bahn wurde er sehr müde, der Alkohol den er konsumierte, zeigte Wirkung.

Er hatte Mühe bis zu seiner Haltestelle munter zu bleiben.

Als er in seinem Bett lag, nahm er sich vor in den nächsten Tagen weiter nach der Römerin zu suchen und nicht mehr so viel zu trinken.

Am nächsten Morgen erzählte er seinen beiden Gefährten von der Römerin und das er sie unbedingt noch einmal wieder sehen wolle. Die Beiden meinten, das würde aber schwierig werden, sie könnten aber am Abend noch mal das Lokal aufsuchen aus dem die Frauen gekommen waren, vielleicht waren sie ja da bekannt.

Sie kamen am frühen Abend, als es noch nicht so voll war, in dem Lokal am Alter Markt an.

„De Buuredanz" von de Bläck Föös erklang, als sie die Tür öffneten.

Franz traute sich nicht den Köbes nach der Römerin zu fragen, das übernahm sein Köln erfahrener Freund. Der Köbes kannte die Gruppe, er sagte: „ Die Mädsche kunn imme öm de Bläck Föös ze hüre un dat ein es imme Römerin, die andere sin och ald ens jätt andesch an.

Noch e Stöndsche un dann kunn die."

Tatsächlich, nach etwa einer Stunde erschien die Gruppe, aber ohne die Römerin.

Franz war enttäuscht. Sein Freund übernahm es die jungen Frauen nach ihrer Freundin zu fragen, sie sagten ihnen, die Freundin wäre heiser, würde aber sicher bis Sonntag wieder dabei sein. Es war dann doch noch ein netter Abend und zum Abschluss gab eine der jungen Frauen Franz einen Zettel mit den handgeschriebenen Texten der Bläck Föös. Sie sagte, wenn er die mitsingen könne, seien seine Chancen bei ihrer Römerin größer.

So vergingen der Samstag und der Sonntag. Am Rosenmontag sahen sie sich den Zug an und anschließend wollten sie wieder in „ihr" Lokal am Alter Markt, aber es war so voll, das sie nicht mehr rein passten. Sie konnten beim besten Willen nichts von einer Römerin sehen.

Enttäuscht zogen sie weiter. Irgendwann hatten sie es geschafft in ein Lokal zu kommen, das eine winzige Bühne hatte, dort standen einige junge Musiker auf der Bühne und spielten live.

Es waren die Bläck Föös! Der Abend war gerettet!

Am Veilchendienstag wollten sie noch ein letztes Mal in „ihr" Lokal am Alter Markt.

Sie öffneten die Tür hörten „et Spanienleed" von de Bläck Föös und sahen die Römerin und ihre Freundinnen tanzen!

Franz fühlte einen Stich in der Herzgegend und bekam weiche Knie, als ihn der Blick der Römerin traf. Es war ganz selbstverständlich, dass Franz und die Römerin nebeneinander saßen. Er hätte ihr soviel sagen und sie fragen mögen, aber er bekam keinen Ton raus.

Schließlich sagte die Römerin: „ Ich bin die Agrippina und wie heißt Du?

 Franz", konnte er gerade noch sagen, da begann zu seinem Glück der nächste Titel und er konnte Agrippina zum Tanzen auffordern. Franz hatte es noch nie so genossen eine Frau beim Tanzen im Arm zu halten, hatte allerdings auch nicht viel Erfahrung damit. Außer seiner Christa gab es bisher keine andere Frau und sie kannten sich schon seit ihren Kindertagen.

Was er an diesem Abend erlebte, hätte er nie für möglich gehalten. Liebe auf den ersten Blick, so ein Blödsinn ist was für Frauenromane, hätte er noch am Mittwoch gesagt.

Mitternacht war Schluss, der Karneval vorbei und der Wirt wollte das Lokal schließen.

Agrippina gab Franz einen Kuss und weg war sie mit ihren Freundinnen. Er dachte nicht einmal daran sie nach ihrer Adresse zu fragen.

Am folgenden Freitag war das Seminar zu Ende und er fuhr ins Sauerland zurück. Einmal noch war er in Köln. Seine Frau und er hatten mit ihrem Skiklub einen Sommerausflug zum Kölner Dom gemacht. Aber das war kein Vergleich mit seinem Aufenthalt Anfang der 70iger Jahre. Doch wenn er in den folgenden Jahren die Bläck Föös im Radio hörte, dann war da immer so ein kleiner Stich in der Herzgegend und so eine leichte Sehnsucht nach diesen Karnevalstagen in Köln.

Er hätte nie geglaubt, dass er noch einmal an den Karnevalstagen in Köln wäre. Vor einigen Jahren hatte er einen Unfall beim Skifahren und außerdem machte ihm sein Herz Probleme, auf Berge steigen konnte er nicht mehr. Seine Frau, eine begeisterte Alpinskifahrerin, sollte da aber nicht drunter leiden. Sie fuhr Ende Februar immer für zwei Wochen mit ihrer Freundin Gabi in die Alpen. Weil diese Ferien in diesem Jahr mit Karneval passten, luden Nina und Thorsten ihn nach Köln ein. Er erzählte ihnen von seinem Karneval in Köln, sagte aber nie, wie sehr ihn die Römerin beeindruckt hatte.

Nun war er wieder mal an Karneval in Köln und konnte an nichts anderes denken, als an Agrippina, die schöne junge Römerin. Dass auch Agrippina vierzig Jahre älter wäre, daran dachte er nicht. Er fühlte sich wieder jung und unglaublich beschwingt!

Am nächsten Tag bummelte er zum Alter Markt, aber das Lokal gab es nicht mehr und auch einige von denen die sie damals besucht hatten nicht mehr.

Trotz dieser Enttäuschung stürzte er sich Weiberfastnacht ins Getümmel, feierte die ganze Nacht durch, eine Agrippina traf er nicht. So hielt er bis Rosenmontag durch, Nina und Thorsten staunten nicht schlecht. Am Rosenmontagmorgen wollte er aber nicht mit zum Zug, er wollte später wieder in die Altstadt, Nina und Thorsten sollten alleine losgehen, er würde sich erst mal ausschlafen. Die Beiden waren weg, Franz machte das Radio an, der WDR spielte „By, by my Love" von den Bläck Föös, da sah Franz plötzlich Agrippina vor sich stehen, sie lächelte ihn an und reichte ihm ihre Hand die er ergriff und nie mehr loslassen wollte.

Als Nina und Thorsten nach Hause kamen, hörten sie das Radio und sahen Franz mit einem Lächeln auf dem Gesicht, scheinbar schlafend, im Sessel sitzen.

146